AF080577

www.ingramcontent.com/pod-product-compliance
Lightning Source LLC
LaVergne TN
LVHW010617070526
838199LV00063BA/5182
* 9 7 8 9 3 5 8 7 2 5 2 5 4 *

سام پر کیا گزری

(بچوں کا ناول)

اظفر مہدی

© Taemeer Publications LLC

Sam par kya guzri (Kids Novel)
by: Azfar Mehdi
Edition: March '2024
Publisher :
Taemeer Publications LLC (Michigan, USA / Hyderabad, India)

ISBN 978-93-5872-525-4

مصنف یاناشر کی پیشگی اجازت کے بغیر اس کتاب کا کوئی بھی حصہ کسی بھی شکل میں بشمول ویب سائٹ پر اَپ لوڈنگ کے لیے استعمال نہ کیا جائے۔ نیز اس کتاب پر کسی بھی قسم کے تنازع کو نمٹانے کا اختیار صرف حیدرآباد (تلنگانہ) کی عدلیہ کو ہو گا۔

© تعمیر پبلی کیشنز

کتاب	:	**سام پر کیا گزری** (بچوں کا ناول)
مصنف	:	**اظفر مہدی**
کمپوزنگ	:	انیس الرحمٰن
پروف ریڈنگ / تدوین	:	اعجاز عبید
صنف	:	ادب اطفال
ناشر	:	تعمیر پبلی کیشنز (حیدرآباد، انڈیا)
سالِ اشاعت	:	۲۰۲۴ء
صفحات	:	۶۰
سرورق ڈیزائن	:	تعمیر ویب ڈیزائن

قمیض کے بٹن بند کرتے ہوئے سام کی نظر اپنے بوڑھے انکل فریڈرک کی طرف اٹھ گئی۔ وہ ٹیبل لیمپ کی روشنی میں کسی موٹی سی کتاب کے اوپر جھکے ہوئے تھے۔ سام سوچ میں پڑ گیا، "میری پیدائش سے لے کر اب تک انہوں نے میرا خیال رکھا، مگر اب ان کا خیال کون رکھے گا؟ کل مجھے اپنے سفر پر بھی روانہ ہونا ہے اور۔۔۔۔۔"

"میں جانتا ہوں بیٹا، تم کیا سوچ رہے ہو گے، تم میری فکر نہ کرو۔" انکل فریڈرک نے سام کو اپنی طرف متوجہ پا کر کتاب سے نظر ہٹا کر کہا۔ سام نے اپنے بوڑھے انکل کے قریب پہنچ کر ان کے گلے میں بانہیں ڈال دیں، "آپ کو میرا کتنا خیال ہے انکل۔ میں نے آپ کے ساتھ زندگی کے ستائیس سال گزار دیے، مگر آپ نے ایک لمحے کے لیے بھی مجھے ماں باپ کی کمی محسوس نہیں ہونے دی۔"

"جاؤ! تم جانے کی تیاری کرو۔" انکل فریڈرک نے پیار سے سام کے شانے تھپ تھپا کر کہا۔

سام ان کے پاس سے اٹھ کر ایک طرف چلا گیا اور انکل فریڈرک دوبارہ مطالعے میں غرق ہو گئے۔

سام جب چھوٹا تھا جب ہی اس کے ماں باپ کا انتقال ہو گیا تھا۔ ان کے انتقال

کے بعد سام کے انکل فریڈرک نے ہی سام کی پرورش کی تھی۔ اس وقت انکل فریڈرک جوان تھے جب کہ سام ننھا بچہ تھا۔ اب سام ستائیس سال کا خوبصورت جوان تھا اور انکل فریڈرک کے چہرے پر جھریوں کا جال بچھ گیا تھا۔ انہیں خود بھی اس بات کا احساس تھا کہ وہ بوڑھے ہو چکے ہیں۔ ان کی بیوی کا ان کی جوانی میں ہی انتقال ہو چکا تھا۔ ان کی کوئی اولاد بھی نہ تھی۔ وہ سام کو اپنی سگی اولاد کی طرح چاہتے تھے۔ خود سام نے بھی انہیں ہمیشہ اپنے باپ کی جگہ سمجھا اور اپنے کسی عمل سے انہیں تکلیف نہ پہنچائی۔ سام ایک ذہین طالب علم بھی تھا۔ ایک روز اس نے اپنے انکل سے اپنی اس خواہش کا اظہار کیا کہ وہ بڑا ہو کر بحری جہاز کا کپتان بننا چاہتا ہے۔ اس کی وجہ یہ تھی کہ جب سام چھوٹا سا تھا تو انکل فریڈرک تفریحاً اس کو فلوریڈا کی بندر گاہ پر لے جایا کرتے تھے۔ اس وقت بندر گاہ پر ادھر ادھر پھرتے ہوئے سفید ٹوپی اور سفید وردی پہنے بحری کپتانوں کو دیکھ کر سام کے ننھے سے دل میں یہ خواہش اچھلتی کہ کاش وہ بحری کپتان ہوتا اور بڑے بڑے بحری جہازوں میں مسافروں کو ایک ملک سے دوسرے ملک پہنچایا کرتا۔ انکل فریڈرک کی کوششوں کا نتیجہ تھا کہ کل وہ امریکا کی ریاست فلوریڈا سے برازیل کی جانب جانے والے مسافر بردار جہاز پر کپتان تو نہیں، البتہ نائب کپتان کی حیثیت سے روانہ ہو رہا تھا۔ یہ اس کے لیے کتنی خوشی کی بات تھی کہ بچپن میں جس خواہش کا اظہار اس نے اپنے انکل سے کیا تھا اس کی تکمیل ہو چکی تھی۔

* * *

پر سکون سمندر کا سینہ چیرتے ہوئے مسافر بردار بحری جہاز اپنی منزل کی طرف رواں دواں تھا۔ موسم بہار کی خوش گوار دھوپ سمندر کے نیلے پانی پر بکھری ہوئی تھی۔ سمندر سے چند فیٹ اوپر پیلی کن کا ایک غول اڑتا ہوا کسی خوبصورت تصویر کا منظر معلوم ہو رہا تھا۔ کپتان ڈیوڈ جیسا ماہر اور مشاق جہاز راں دو سو بیس مسافروں اور عملے کے بیس آدمیوں کو لے کر امریکا کی ریاست فلوریڈا سے برازیل کی جانب جا رہا تھا۔ یہ اس کا کوئی پہلا سفر نہیں تھا۔ وہ اس سے پہلے بھی کی مرتبہ مسافروں کو ان کی منزل مقصود پر پہنچا چکا تھا، مگر نہ معلوم اس مرتبہ اس کا دل گھبرا رہا تھا۔ اس نے جہاز کے کنٹرول روم کے شیشے کے باہر دیکھا۔ حد نظر تک پانی ہی پانی ہوا تھا۔ دور بہت دور آسمان اور سمندر کی سرحدیں ایک دوسرے سے گلے مل رہی تھیں۔ سورج آسمان کے بیچوں بیچ چمک رہا تھا۔

"اگر موسم اسی طرح ٹھیک رہا تو کل سورج ڈھلنے سے پہلے ہم اپنی منزل پر پہنچ چکے ہوں گے۔" کپتان ڈیوڈ نے سوچا اور پھر اپنے نائب سام کو آواز دی، "سام۔"

مگر اسے کوئی جواب نہیں ملا۔ کپتان ڈیوڈ نے کنٹرول روم میں چاروں طرف نظر دوڑائی، مگر وہاں کوئی ہوتا تو اسے نظر بھی آتا۔ پھر اچانک اسے جیسے کچھ یاد آ گیا، "ارے! میں نے تو خود اسے جہاز کے نیچے سامان والے حصّے کا جائزہ لینے بھیجا تھا۔" کپتان ڈیوڈ بڑبڑایا۔

"تو کیا میں عمر کے اس حصّے میں پہنچ چکا ہوں جب کوئی بات یاد ہی نہیں رہتی؟" اس نے اپنے آپ سے سوال کیا۔

"چلو کوئی بات نہیں۔ اڑتالیس سال کی عمر کچھ کم تو نہیں ہوتی۔ ایسے میں اگر

کوئی ایک آدھ بات یاد نہ رہے تو کوئی فرق نہیں پڑتا۔" اس نے گویا اپنے آپ کو تسلی دی اور میز پر پھیلے ہوئے نقشے کو بغور دیکھنے لگا۔ اسی وقت دروازہ کھلا اور سام اندر داخل ہوا۔ اس کے سنہرے بال پیشانی پر بکھرے ہوئے تھے۔

"سب ٹھیک ہے کپتان۔" سام نے کرسی پر بیٹھتے ہوے کہا۔

اس وقت دوپہر کے دو بج چکے تھے۔ بحری جہاز تیزی سے اپنی منزل کی طرف بڑھ رہا تھا۔ سام اور کپتان ڈیوڈ اس سفر کے متعلق گفتگو کرنے لگے۔ کپتان اس وقت بھی اپنے دل میں عجیب سی بے چینی محسوس کر رہا تھا۔ تاہم اس نے اپنے بے نام خدشے کا اظہار سام سے نہ کیا اور یہی ظاہر کرتا رہا کہ وہ اس سفر سے بالکل مطمئن ہے۔ وہ دن کسی غیر معمولی واقعے کے بغیر گزر گیا اور کوئی خاص بات رونما نہیں ہوئی۔

صبح ہو چکی تھی۔ دھوپ کا سونا چار سو پھیلا ہوا تھا۔ جہاز کا کنٹرول سام کو دے کر کپتان ڈیوڈ جہاز کر عرشے پہ آ کھڑا ہوا اور دور تک پھیلے ہوئے سمندر کو دیکھنے لگا۔ پھر اس نے آسمان کی طرف نگاہ دوڑائی، کل کی طرح آج بھی آسمان بالکل صاف تھا۔ نیلے آسمان پہ سورج چمک رہا تھا۔

"اللہ کرے ہمارا یہ سفر اسی طرح جاری رہے۔" ڈیوڈ نے سوچا، "اگر ایسا نہ ہو سکا تو۔۔۔۔۔ تو یہ مسافر۔۔۔۔۔"

یہ سوچتے ہوئے اس کی نگاہ جہاز کے عرشے پر موجود مسافروں کی طرف اٹھ گئی۔ تمام مسافروں کے چہرے سے خوشی پھوٹ رہی تھی۔ ان میں بچے، بوڑھے اور جوان سب ہی شامل تھے۔ کچھ مسافر جہاز کے عرشے پر کھڑے سمندر کا نظارہ کر

رہے تھے۔ ایک طرف لمبی سی آرام دہ کرسی پر ایک بوڑھا جوڑا کسی رسالے کے مطالعے میں غرق تھا۔ چند نوجوان لڑکے گٹار سنبھالے کوئی بے ہنگم سا نغمہ الاپ رہے تھے۔ ایک خوبصورت سی نو دس سال کی بچی اپنے ہی قد کے برابر کی گڑیا سے کھیل رہی تھی۔ کپتان ڈیوڈ کو اس بچی پر بے اختیار پیار آ گیا۔ وہ اس کی طرف بڑھا۔

"کیا نام ہے تمہارا؟"

"جنیفر۔" بچی نے انتہائی معصوم آواز میں اپنا نام بتایا۔

"تمہارے ممی پاپا کہاں ہیں؟" کپتان ڈیوڈ نے پوچھا۔

"ادھر!" اس بچی جنیفر نے ایک طرف اشارہ کیا۔ ذرا ہی دیر میں جنیفر اپنی گڑیا بھول بھال کر کپتان ڈیوڈ کی گود میں آ بیٹھی اور اس سے خوب باتیں کرنے لگی۔

"انکل۔" جنیفر نے پہلی بار کپتان ڈیوڈ کو انکل کہہ کر مخاطب کیا، "آپ کو معلوم ہے میرے ممی ڈیڈی کیا کہہ رہے تھے؟"

"کیا کہہ رہے تھے؟" کپتان نے دل چسپی سے پوچھا۔

"وہ کہہ رہے تھے کل رات انہوں نے خواب میں دیکھا کہ اس جہاز پر تباہی آ گئی ہے۔ انکل! یہ تباہی کیا ہوتی ہے؟" جنیفر اس سے پوچھ رہی تھی اور کپتان ڈیوڈ کا دل اچھل کر حلق میں آ گیا۔ اس نے تیزی سے جنیفر کو گود سے اتارا اور کنٹرول روم کی طرف دوڑ پڑا۔ جنیفر اس کو حیرت سے دیکھتی رہ گئی۔ پھر اس نے اپنی گڑیا سنبھالی اور چھوٹے چھوٹے قدم اٹھاتی اپنے والدین کے پاس چلی گئی۔

کپتان ڈیوڈ نے کنٹرول روم کی ہر چیز کو دیکھا۔ سب کچھ اپنی جگہ پر درست تھا۔ اس نے موسم کی خرابی بتانے والے آلے کو چیک کیا۔ وہ بھی خوش گوار موسم کی

اطلاع دے رہا تھا۔ کپتان ڈیوڈ نے اطمینان کا سانس لیا۔ سام اس کو حیرت سے دیکھنے لگا۔ اس نے پوچھا، "کپتان! کیا کوئی خاص بات ہے؟"

"نہیں، نہیں کوئی خاص بات نہیں۔" کپتان ڈیوڈ نے اپنی گھبراہٹ پر خاصی حد تک قابو پالیا تھا، لیکن سام سمجھ گیا کہ کوئی غیر معمولی بات ہے، پھر بھی اس نے کریدنا مناسب نہ سمجھا۔ جہاز آگے بڑھتا رہا۔ اس وقت دوپہر کے بارہ بج کر بیس منٹ ہوئے تھے۔ جب سام اور کپتان ڈیوڈ کی نظروں نے بیک وقت اس سیاہ رنگ کی موٹی سی لکیر کو دیکھا جو وہاں نظر آرہی تھی جہاں آسمان اور سمندر کی سرحدیں مل رہی تھیں۔ ڈیوڈ اور سام نے خطرے کی بو سونگھ لی۔ سام اسی وقت سمجھ گیا کہ کپتان کی گھبراہٹ کی وجہ کیا تھی۔ غالباً اس کے تجربے نے اسے آنے والے خطرے کی پیشگی اطلاع دے دی تھی۔

دیکھتے ہی دیکھتے وہ سیاہ رنگ کی موٹی لکیر بہت بڑے بادل میں تبدیل ہوگئی اور پھر پورا آسمان سیاہ بادلوں میں چھپ گیا۔ تیز ہوا چلنے لگی اور بوندا باندی بھی شروع ہوگئی۔ سیاہ بادلوں کی آمد کسی بڑے طوفان کا پیش خیمہ ہوتی ہے۔ کپتان ڈیوڈ کا دل ڈوبنے لگا، لیکن اس نے پھر بھی اپنا حوصلہ ٹوٹنے نہ دیا۔ دراصل وہ نہیں چاہتا تھا کہ اپنے نائب کے سامنے خود کو کم حوصلہ ثابت کرے۔ اس نے عملے کو جہاز کے لنگر گرانے کا حکم دے دیا اور ساتھ ساتھ یہ بھی کہا کہ آنے والی مصیبت سے نمٹنے کے لیے خود کو تیار رکھیں۔ لنگر گرائے جانے سے جہاز ایک جگہ ٹھہر گیا۔

ادھر جہاز کے مسافروں کا جوش وخروش قابل دید تھا۔ وہ پہلے سے زیادہ خوش دکھائی دے رہے تھے۔ ایک تو موسم بہار اوپر سے بارش! خوش تو انہیں ہونا ہی تھا۔

مگر ان سب کی خوشی اس وقت کافور ہو گئی جب ہواؤں کے زور سے پورا جہاز ہلکورے کھانے لگا اور طوفان نے شدّت اختیار کر لی۔ خطرے کا اعلان کر دیا گیا۔ پورے جہاز کے مسافروں میں سراسیمگی پھیل گئی۔ وہی مسافر جو کچھ دیر پہلے مختلف طریقوں سے اپنی خوشی کا اظہار کر رہے تھے، اب افرا تفری کے عالم میں ادھر ادھر بھاگ رہے تھے۔ کسی کو کسی کا ہوش نہ تھا۔ کچھ افراد کے قدموں کے نیچے آکر کچلے گئے۔ عورتیں چیخ رہی تھیں، بچے رو رہے تھے۔ مرد الگ پریشان تھے کہ کیا کریں۔ جہاز کے عملے نے مسافروں کو سنبھالنے کی کوشش کی مگر وہ اس میں ناکام رہے۔

اچانک ایک بڑی سی طوفانی لہر آئی جس نے جہاز کو اچھال کر رکھ دیا۔ کئی لوگ ہزاروں فیٹ گہرے سمندر میں جا گرے۔ اس کے ساتھ ہی چیخوں میں کچھ اور اضافہ ہو گیا۔ بار بار بجلی کڑکتی تو سب کے دل دہل کر رہ جاتے۔

کپتان ڈیوڈ نے اس عالم میں بھی نہایت مہارت سے جہاز کو سنبھال رکھا تھا، مگر کب تک۔ اس کی مہارت زیادہ دیر کام نہ آسکی طوفان اتنا شدید تھا کہ معمولی فاصلے کی چیز بھی دکھائی نہ دے رہی تھی۔ جہاز کا رخ کہیں سے کہیں ہو چکا تھا۔ کپتان ڈیوڈ نے کے بے بسی کے عالم میں سام کی طرف دیکھا۔ اس کا چہرہ زرد ہو رہا تھا۔

"ہم راستہ بھٹک چوکے ہیں۔" کپتان ڈیوڈ نے کمزور سی آواز میں کہا۔ "اس طوفان میں لائف بوٹ کا استعمال بھی بیکار ہے۔ مسافروں سے کہ دو کہ اب صرف اللہ کو یاد کریں۔"

سام اپنے کپتان کی بات سن کر کنٹرول روم سے باہر نکلا ہی تھا کہ ایک بار پھر

طوفانی لہر نے جہاز کو ڈگمگا دیا اور وہ ایک جھٹکے سے دوبارہ کنٹرول روم کے فرش پر کپتان ڈیوڈ سے الجھتا ہوا جا گرا۔ وہ ہمّت کر کے اٹھا اور پھر کپتان کو اٹھانے کی کوشش کرنے لگا۔ مگر وہ بیہوش ہو چکا تھا۔ سام کپتان کو اسی حالت میں چھوڑ کر باہر آیا۔ مسافروں کی چیخ و پکار سے کان پڑی آواز سنائی نہ دے رہی تھی۔ یوں محسوس ہو رہا تھا جیسے قیامت ابھی سے آگئی ہو۔ اس نے چیخ کر کہا، "تمام مسافر متوجہ ہوں۔"

مگر شور اتنا تھا کہ خود اس کو اپنی آواز سنائی نہ دی۔ سام نے اب تک اپنے آپ کو سنبھال رکھا تھا، مگر اب اس کا حوصلہ جواب دینے لگا تھا۔

اس کے ہاتھ پاؤں لرزنے لگے۔ اتنا شدید طوفان اس نے اپنی زندگی میں پہلے کبھی نہ دیکھا تھا۔ وقت تو دن کا تھا مگر سیاہ گھٹاؤں کی وجہ سے اندھیرا رات کا سا چھایا ہوا تھا۔

"چر۔۔۔۔چر۔۔۔۔چرر چرر چر۔۔۔۔" سام نے اپنے سر کے عین اوپر ایک آواز سنی۔ اس نے گھبرا کر اوپر دیکھا۔ خوف کے مارے اس کے حلق سے چیخ نکل گئی۔ چالیس فٹ اونچا بھاری لکڑی کا بنا ہوا مستول جھولتا ہوا نیچے گر رہا تھا۔ وہ تیزی سے ایک طرف ہٹ گیا۔ ایک دھماکہ ہوا اور مستول پہلے سے مصیبت کے شکار مسافروں پر جا گرا۔ اس کی زد میں آنے والے تمام افراد کے پرخچے اڑ گئے۔ ہر طرف خون کے چھینٹے اور انسانی گوشت کے لوتھڑے بکھر گئے۔ جہاز ایک بار پھر لرز کر رہ گیا۔

"اف اللہ۔" سام نے اپنی آنکھوں پر ہاتھ رکھ لیا، پھر اچانک اسے کپتان کا خیال آیا۔ وہ تیزی سے کنٹرول روم کی طرف دوڑا۔ وہاں اس نے دیکھا کہ کپتان منہ

کے بل فرش پر پڑا ہوا ہے۔ اس کے سر سے خون بہہ بہہ کر فرش پر جمع ہو رہا ہے۔ اس نے کپتان کو سیدھا کیا اور چیخ کر بولا، "کپتان ڈیوڈ! کپتان ڈیوڈ!"

کپتان ڈیوڈ نے دھیرے سے آنکھیں کھول دیں۔ "یہ کک۔۔۔۔ کیا۔۔۔۔ ہو گیا؟" کپتان ڈیوڈ اٹک اٹک کر بوجھل آواز میں بولا۔

"ہم چھوٹی کشتی میں یہاں سے نکل چلتے ہیں کپتان۔" سام نے الجھی ہوئی سانسوں کے درمیان ڈیوڈ سے کہا۔

"سب کچھ ختم ہو گیا اب۔۔۔۔ ہم یہاں سے نکل کر کہاں جائیں گے۔۔۔۔ باہر بڑا طوفان ہے۔۔۔۔ اور۔۔۔۔ اور"

"مگر میں تمہیں مرنے کے لئے نہیں چھوڑ سکتا۔" سام چیخ پڑا۔

اس نے کپتان ڈیوڈ کو سہارا دے کر اٹھانا چاہا۔ کپتان ڈیوڈ نے دھیرے سے ایک نظر اس کی طرف دیکھا، اور پھر اس کی آنکھیں بند ہو گئیں ہمیشہ ہمیشہ کے لئے! سام خالی خالی نگاہوں سے کپتان کے لاش کو دیکھتا رہا۔ پھر اس نے آہستگی سے لاش کو فرش پر رکھا اور بوجھل قدموں سے باہر نکل آیا۔

پورے جہاز پر اب سناٹا چھا چکا تھا۔ اگر کوئی آواز سنائی دے رہی تھی تو وہ اس طوفان کی تھی جس کی بھینٹ یہ جہاز چڑھ چکا تھا۔ دھند نے جہاز کی ہر چیز کو اپنی لپیٹ میں لے لیا تھا۔ اس دھند میں سام نے جہاز پر بکھری ہوئی لاتعداد لاشوں کو دیکھا۔ بارش کی بوچھاڑ ان لاشوں پر پڑ رہی تھی۔ بھاری مستول اب بھی بدنصیب مسافروں کے اوپر پڑا تھا۔ اس کی زد میں آنے والے مسافروں کا زندہ بچنا تو درکنار کسی کا جسم تک سلامت نہ بچا تھا۔ یہ کیسی بے بسی کی موت تھی۔

اچانک سام کو ایسا محسوس ہوا جیسے جہاز میں حرکت شروع ہو گئی ہو۔ اس نے چونک کر جہاز کو دیکھا۔ جہاز ایک طرف جھک رہا تھا۔ ظاہر تھا کہ جہاز میں کسی وجہ سے پانی بھرنا شروع ہو گیا تھا اور یہ اب اسی حصہ کی طرف جھک رہا تھا، جھکتا جا رہا تھا۔ سام کے دماغ میں بجلی سی کوندی۔

"نہیں میں ان مسافروں کی طرح بے بسی کی موت نہیں مرنا چاہتا۔ میں زندہ رہوں گا۔ ہاں میں زندہ رہوں گا۔" اس نے چیخ کر کہا اور لاشوں کو پھلانگتا ہوا جہاز کے ایک کیبن میں جا گھسا اور وہاں سے ایک چھوٹی کشتی اور دو چپو نکال لایا۔ اس نے تیزی کے ساتھ پہلے کشتی سمندر میں پھینکی۔ اس کے بعد چپو سنبھال کر خود بھی جہاز کے عرشے سے کشتی میں چھلانگ لگا دی اور چپو کی مدد سے کشتی کو تیزی سے کھیتا ہوا بحری جہاز سے دور لے گیا۔ اس دھند میں اس کی کشتی ہیولے کی طرح نظر آ رہی تھی۔ جہاز آدھے سے زیادہ غرق آب ہو چکا تھا۔ تھوڑی دیر بعد سام نے دیکھا سمندر میں جس جگہ جہاز موجود تھا، وہاں اب بپھری ہوئی موجیں ایک دوسرے سے ٹکرا رہی تھیں۔ بحری جہاز ڈوب چکا تھا۔ کافی دیر گزر گئی۔ طوفان اب ختم ہو چکا تھا۔ سمندر بھی اب خاموشی سے بہہ رہا تھا۔ البتہ آسمان اب بھی سیاہ بادلوں سے ڈھکا ہوا تھا اور ہلکی ہلکی بارش ہو رہی تھی۔

جب سام بطور نائب کپتان، کپتان ڈیوڈ کے ساتھ جہاز پر سوار ہوا تھا تو اس کے وہم و گمان میں بھی نہ تھا کہ کیا ہونے والا ہے۔ سام کو کپتان ڈیوڈ کی گھبراہٹ یاد آئی۔ جب وہ بھاگتا ہوا کنٹرول روم میں داخل ہوا تھا اور اس نے تیزی کے ساتھ کنٹرول روم کی ہر چیز کو چیک کیا تھا اور جب سام نے اس کی گھبراہٹ کا سبب معلوم

کرنا چاہا تھا تو کپتان نے کوئی خاص بات نہیں کہہ کر بات ختم کر دی تھی۔ سام کو اب کپتان کی گھبراہٹ کا سبب معلوم ہو چکا تھا۔

"کاش کپتان ڈیوڈ سفر کے آغاز میں ہی اپنے خدشے کا اظہار کر دیتا تو یہ سفر ملتوی بھی کیا جا سکتا تھا۔" سام نے دکھ سے سوچا۔

کپتان ڈیوڈ کو کسی نامعلوم قوت نے آنے والے خطرے سے سفر کے شروع میں ہی آگاہ کر دیا تھا۔ مگر وہ محض اس بنا پر کسی سے اپنے خدشے کا اظہار نہ کر سکا کہ لوگ اس جیسے جہازراں کو خبطی سمجھنے لگتے۔ بہر حال ہونی ہو کر رہتی ہے۔ تباہی اس جہاز کا نصیب بن چکی تھی اور یہ جہاز مع مسافروں کے ختم ہو چکا تھا۔

شام کا اندھیرا پھیلنے لگا تھا۔ کشتی کھیتے کھیتے سام کے بازو شل ہو چکے تھے۔ اس نے چپو کشتی میں رکھ دیئے اور کشتی کو موجوں کے رحم و کرم پر چھوڑ دیا۔ ذرا ہی دیر میں مکمل اندھیرا چھا گیا۔ اب بادل چھٹنے لگے تھے اور آسمان پر کہیں کہیں ستارے چمکتے ہوئے نظر آ رہے تھے۔

دوپہر سے اب تک سام نے کچھ بھی کھایا پیا نہ تھا۔ جہاز کی تباہی کا اثر اس پر اتنا شدید تھا کہ اس کو اب تک بھوک پیاس کا احساس نہیں ہوا تھا۔ اب رات ہوئی تو اس کو بھوک نے ستانا شروع کر دیا اور ساتھ ہی پیاس سے حلق میں کانٹے چبھنے لگے مگر اس نے عقل مندی یہ کی کہ بھوک پیاس کا احساس اپنے اوپر مسلط نہ ہونے دیا۔ وہ جانتا تھا کہ اس ہزاروں میل پھیلے ہوئے سمندر کے بیچ ایک چھوٹی سی کشتی میں وہ بالکل تنہا ہے اور اسے کھانے پینے کو کچھ نہیں مل سکتا۔ اب تک اس نے خود کو زندہ رکھنے کے لئے جدوجہد کر لی تھی، مگر اب آگے کیا ہو گا؟ وہ بھی نہیں جانتا تھا۔

آسمان صاف ہو چکا تھا۔ چاند کی کرنیں سمندر کے پانی میں پڑتی ہوئی بے حد بھلی معلوم ہو رہی تھیں۔ ہزاروں کی تعداد میں چمکتے ہوئے ستارے الگ اپنی بہار دکھا رہے تھے۔ سام پاؤں پسار کر کشتی میں لیٹ گیا اور آنکھیں بند کر لیں۔ ذرا ہی دیر میں اسے نیند آگئی۔

کشتی دھیرے دھیرے آگے بڑھتی رہی، نامعلوم منزل کی طرف۔

سورج کی کرنیں سام کے چہرے پر پڑیں تو اس نے گھبرا کر آنکھیں کھول دیں۔ "میں کہاں ہوں؟" سب سے پہلے یہی خیال اس کے ذہن میں آیا۔ اس نے انگڑائی لی اور اٹھ بیٹھا۔ اس کی حیرت کی انتہا نہ رہی جب اس نے دیکھا کہ اس کی کشتی ساحل پر ریت میں دھنسی ہوئی ہے۔ وہ چھلانگ مار کر کشتی سے نکل آیا اور اس جگہ کا جائزہ لینے لگا جہاں قسمت نے اسے لا پھینکا تھا۔

ساحل پر چند چھوٹی بڑی چٹانوں کے بعد دور دور تک گھنا جنگل پھیلا ہوا تھا۔ سام نے دیکھا کہ یہاں چیڑ اور ناریل کے درختوں کی کثرت ہے۔ ناریل کے درختوں کی بلندی پر ناریل لگے ہوئے تھے۔ چند ناریل ریتیلی زمین پر بھی ادھر ادھر پڑے ہوئے تھے۔ ناریلوں کو دیکھتے ہی سام کی بھوک جاگ اٹھی۔ اس نے کل دوپہر سے کچھ بھی کھایا پیا نہ تھا۔ اب جو اس کو ناریل نظر آئے تو اس کی بے قراری دیکھنے کے قابل تھی۔ اس نے لپک کر ایک ناریل اٹھا لیا اور ریت پہ پڑے ہوئے ایک پتھر سے توڑ کر پہلے اس کا پانی پیا اور پھر ندیدوں کی طرح کھانا شروع کر دیا۔ اس طرح اس نے کئی ناریل کھا لئے۔ تب اسے کچھ سکون حاصل ہوا۔

اب اس نے اپنی حالت پر غور کیا تو پتا چلا کہ اس کی قمیض جگہ جگہ سے پھٹ

چکی تھی۔ آستین ادھڑ کر ایک طرف جھول رہی تھی۔ پتلون بھی جگہ جگہ سے پھٹ گئی تھی، جوتوں کی حالت خستہ ہو رہی تھی۔ ایک تو جوتے پہلے ہی بارش میں بھیگتے رہے تھے۔ اب جو ان کو سورج کی گرمی پہنچی تو وہ پھول کر سخت ہو چکے تھے اور بے ہنگم سے ہو رہے تھے۔ اس نے کچھ دیر کے لئے جوتے اتار کر ایک طرف ریت پر رکھ دیئے اور ایک چٹان سے ٹیک لگا کر بیٹھ گیا۔

اب اس کو آئندہ کا لائحہ عمل طے کرنا تھا۔ اسے کچھ معلوم نہ تھا کہ وہ اس وقت کس جگہ ہے اور یہ کہ وہ اس جگہ سے نکل بھی سکے گا یا نہیں؟ ایک طرف وسیع سمندر تھا تو دوسری طرف گھنا جنگل۔ اس نے سوچا، "مجھے کیا کرنا چاہیے؟"

اگر وہ سمندر پار کر کے ریاست فلوریڈا جانا چاہتا تو اس مقصد کے لئے اس کے پاس ایک چھوٹی سی کشتی اور دو چپو تھے اور محض چھوٹی کشتی اور دو چپوؤں کی مدد سے اتنا بڑا سمندر پار کرنا سراسر حماقت تھی۔ یہ اب ضروری نہ تھا کہ جس کشتی نے اسے حفاظت کے ساتھ یہاں تک پہنچا دیا تھا وہی کشتی اب اسے سمندر بھی پار کرا دیتی۔ اگر وہ جنگل کا رخ کرتا تو معلوم نہیں کہاں کہاں بھٹکتا پھرتا اور ظاہر ہے کہ جنگل گھنا تھا تو اس میں درندوں کا ہونا بھی ضروری سا تھا۔ کیا خبر کوئی درندہ اس پر حملہ کر دے۔ اس کے پاس کوئی ہتھیار بھی نہ تھا۔

سام سمندر اور جنگل کا موازنہ کرنے لگا۔

ایک معمولی کشتی پر بیٹھ کر سمندر میں نامعلوم سمت میں بڑھتے رہنا، ہوا میں تیر چلانے کے برابر تھا۔ سمندر میں نہ صرف غذا کا مسئلہ تھا بلکہ شارک مچھلیوں کا خطرہ بھی، جب کہ جنگل میں درندوں کا خطرہ تو تھا لیکن کم سے کم غذا کا مسئلہ نہیں

تھا۔ ناریل اور دوسرے جنگلی پھل یہاں بہ کثرت موجود تھے۔ جنگل میں درندوں سے محفوظ رہنے کی کوئی ناکوئی ترکیب کی جا سکتی تھی۔ اس کے برعکس سمندر میں شارک مچھلیوں کا تنہا مقابلہ کرنا اس کے بس کی بات نہ تھی۔

آخر سام نے جنگل میں داخل ہونے کا فیصلہ کر لیا۔ اس نے اپنے لمبے بوٹ پہنے اور کشتی گھسیٹتا ہوا چٹانوں کی طرف بڑھا۔ اس نے دیکھا کہ دوایک بڑی چٹانوں کے پیچھے ایک غار ہے۔ اس کو بالکل ایسا محسوس ہوا جیسے یہ غار اسی کے لئے بنایا گیا ہے۔ اس کے چہرے پر خوشی کی مسکراہٹ پھیل گئی۔

اس نے کشتی کو گھسیٹ کر غار کے اندر کر دیا۔ یہ غار اندر سے صاف ستھرا تھا اور اس میں کشادہ جگہ تھی۔

"بس، جب تک میں اس ساحلی جنگل میں قید ہوں، یہ غار ہی میرا گھر ہے۔"
سام نے اپنے آپ سے کہا اور پھر غار سے نکل کر جنگل کی طرف بڑھنے لگا۔ سارا جنگل مختلف پرندوں کی آوازوں سے گونج رہا تھا۔ سب پرندے اپنی اپنی بولیاں بول رہے تھے اور بہت خوش دکھائی دے رہے تھے۔ کہیں کہیں مختلف قسموں کی خوبصورت پھولوں کی بیلیں درختوں سے لپٹی، بل کھاتی دور تک چلی گئی تھیں، اونچے اونچے تناور درختوں کی بلندی پر بندر اور لنگور ایک شاخ سے دوسری شاخ پر چھلانگیں لگا رہے تھے۔ نہ جانے کہاں سے ایک بارہ سنگھا بھاگتا ہوا آیا۔ سام کو سرسری نظر سے دیکھا اور پھر قلانچیں بھرتا ہوا گھنے جنگل میں غائب ہو گیا۔

اچانک سام کے قدموں میں کوئی چیز دھم سے آگری۔ سام نے چونک کر دیکھا وہ ایک بندر تھا جو غالباً اسی درخت پر چڑھا ہوا تھا جس کے نیچے سام کھڑا تھا۔

اس سے پہلے کہ سام اس بندر کو پکڑنے کے لئے آگے بڑھتا، بندر تیزی کے ساتھ اٹھا اور پھر خوخیاتا ہوا پھر اسی درخت کی اونچی شاخ پر جا بیٹھا اور حیرت سے سام کو دیکھنے لگا۔ غالباً وہ سوچ رہا ہو گا کہ یہ اجنبی یہاں کیسے آیا۔ بندر کی اس ادا پر سام کے ہونٹوں پر مسکراہٹ پھیل گئی۔

جنگل کے فرش پر خشک پتوں کا قالین سا بچھا ہوا تھا۔ سام جب چلتا تو ان خشک پتوں سے آواز ہونے لگتی۔

دوپہر ہوئی تو سام کو پھر بھوک محسوس ہونے لگی۔ اس نے قریب ہی لگے ہوئے ایک درخت سے جنگلی پھل توڑ لیا اور کھانا شروع ہی کیا تھا کہ کچھ سوچ کر رک گیا، "کہیں یہ پھل زہریلا نہ ہو۔" مگر اس نے دیکھا کہ جو پھل اس نے توڑا ہے وہی پھل درخت پر بیٹھے ہوئے بندر بھی کھا رہے ہیں۔ اس نے پھل کو چکھا تو وہ بہت مزیدار معلوم ہوا، بس پھر کیا تھا اس نے جی بھر کر کھایا۔ کھانے کے بعد اس کی طبیعت بوجھل ہونے لگی اور اس کا دل آرام کرنے کو چاہنے لگا۔ اس نے وہیں جنگل میں کسی درخت کے نیچے پڑ کر آرام کرنے کے بجائے اپنے غار کا رخ کیا۔

غار میں پہنچ کر وہ لیٹ گیا۔ اس کی آنکھیں نیند سے بند ہونے لگیں۔ تھوڑی دیر بعد وہ گہری نیند سو رہا تھا۔ جو پھل اس نے کھائے تھے شاید ان میں کوئی ایسا نشہ تھا کہ سام کو اتنی جلد نیند آ گئی تھی ورنہ عام زندگی میں دوپہر کو کھانے کے بعد وہ آرام ضرور کرتا تھا لیکن سوتا نہیں تھا۔

جب سام کی آنکھ کھلی تو سورج غروب ہو رہا تھا۔ وہ اپنے غار سے باہر نکل آیا اور ساحل کی گیلی زمین پر بیٹھ کر سمندر کی جھاگ اڑاتی لہروں کو دیکھنے لگا۔ جو تیزی

سے ساحل کی طرف آتیں اور کناروں سے ٹکرا کر آہستگی سے واپس چلی جاتیں۔ اسے کتنی ہی دیر اس منظر کو دیکھتے ہوئے ہو گئی۔ جب وہ وہاں سے اٹھا تو اندھیرا پھیل چکا تھا۔ آسمان پر چاند چمک رہا تھا اور اس کی مدھم چاندنی سمندر پر چاروں طرف پھیلی ہوئی تھی۔

سام نے دور تک پھیلے ہوئے جنگلات کی طرف دیکھا، وہاں پر اب مکمل خاموشی چھائی ہوئی تھی۔ اگر کوئی آواز سنائی دے رہی تھی تو وہ صرف جھینگروں کی آواز تھی جو جنگل میں چھائی ہوئی خاموشی کو توڑ رہی تھی۔ اونچے اونچے سایوں کی طرح نظر آ رہے تھے۔

سام ناریل کے ایک درخت کے قریب گیا اور اس کے نیچے پڑا ہوا ناریل اٹھا کر اسے توڑا اور آدھا کھا کر باقی وہیں چھوڑ کر اپنے غار کی طرف چل پڑا۔ دوپہر کو اس نے اتنا کھا لیا تھا کہ اب اسے بھوک زیادہ نہیں لگ رہی تھی۔

غار میں پہنچ کر سام اپنے جسم کو ڈھیلا چھوڑ کر لیٹ گیا اور آنکھیں بند کر لیں۔ کچھ دیر بعد غار میں اس کے خراٹے گونج رہے تھے۔

سام کو ناریلوں اور جنگلی پھلوں پر گزارا کرتے اور اس ساحلی جنگل میں رہتے ہوئے ایک عرصہ گزر گیا۔ شروع شروع میں اسے اپنے وطن کی بہت یاد آئی مگر رفتہ رفتہ وہ یہاں کی زندگی کا عادی ہو گیا۔

سام نے جنگل کا ایک بڑا حصہ اچھی طرح دیکھ ڈالا اور جنگل کے راستوں سے بھی خوب واقف ہو گیا۔ یہاں اس نے ایسے ایسے پھول پودے اور درخت دیکھے جو اس نے اس سے پہلے کبھی نہیں دیکھے تھے۔ یہاں اسے جانوروں کی نفسیات بھی

سمجھنے کا موقع ملا اور تو اور ایک بندر تو اس کا دوست بھی بن گیا۔ یہ بندر سام سے اس قدر مانوس ہو گیا کہ جہاں سام جاتا وہیں یہ بندر بھی جاتا۔ یہ بندر سام کو اپنی دلچسپ حرکتوں سے خوب خوش کرتا۔ جب سام کو ناریلوں کی ضرورت ہوتی تو یہ بندر ایک سیکنڈ میں درخت کی بلندی پر چڑھ کر ناریل توڑ توڑ کر نیچے پھینکنا شروع کر دیتا اور سام انہیں اٹھاتا جاتا۔ اس طرح سام نے بہت سے ناریل اپنے غار میں جمع کر لئے۔ سام نے اس بندر کا نام ریڈ پرل رکھ دیا۔ اس کا سبب اس بندر کا سرخ منہ تھا۔ یہ بندر اپنے نام کو بھی خوب پہچانتا تھا۔ جب سام اس کا نام پکارتا تو یہ جہاں بھی ہوتا، اچھلتا کودتا سام کے سامنے حاضر ہو جاتا۔

سام نے اپنے آپ کو یہاں کی زندگی میں ڈھال لیا تھا۔ وہ روزانہ صبح اٹھتا۔ دن بھر جنگل میں یا ساحل پر گھومتا پھرتا، بھوک لگتی تو ناریل اور جنگلی پھل کھا لیا کرتا۔ اس فطری زندگی گزارنے کا اچھا نتیجہ یہ نکلا کہ اس کے ہاتھ پاؤں خوب مضبوط ہو گئے تھے۔ وہ اپنے اندر ایک نئی توانائی محسوس کرنے لگا۔ لنگوروں اور بندروں کی طرح ایک شاخ سے دوسری شاخ پر جست لگانا اور تیز دوڑنا اس کا معمول بن چکا تھا۔ اس کا دوست بندر بھی اس کے ساتھ ہوتا۔

ہاں! اس کے ایک معمول میں کوئی فرق نہ آیا تھا۔ وہ روزانہ ساحل پر بنی ہوئی ایک اونچی سی چٹان پر جا بیٹھتا اور گھنٹوں سمندر کی طرف دیکھتا رہتا۔ اس نے سوچا کہ کبھی نہ کبھی کوئی نہ کوئی جہاز یہاں سے گزرے گا تو وہ اسے اپنی مدد کے لئے پکارے گا۔ مگر اتنا عرصہ گزر جانے کے بعد بھی اسے کسی جہاز کی جھلک تک دکھائی نہ دی تھی۔

کچھ وقت اور گزر گیا۔ ایک روز جب سورج کی روشنی پھیل چکی تھی۔ سام حسب معمول جنگل میں گھوم رہا تھا۔ ریڈ پرل اس وقت بھی اس کے کندھے پر سوار تھا۔ گھومتے گھومتے سام کی نظر ایک خوبصورت سی بیل پر پڑی۔ وہ وہیں ٹھہر گیا اور بغور اسے دیکھنے لگا۔ اس نے اس جنگل میں اور بھی کئی بیلیں دیکھی تھیں۔ مگر اس بیل کی خوبصورتی کچھ اور ہی قسم کی تھی۔ کھلتے ہوئے سبز رنگ کے بڑے بڑے پتوں کی یہ بیل جس میں ہلکے گلابی رنگ کے پانچ پتیوں کے پھول لگے ہوئے تھے سام کو بے حد اچھی لگی۔ سام اس بیل کا پھول توڑنے کے لئے آگے بڑھا۔ اچانک ایک زبردست دھاڑ سے پورا جنگل گونج اٹھا۔ سام جہاں تھا وہیں رک گیا۔ جنگل میں یک لخت خاموشی چھا گئی۔ غالباً قریب ہی کوئی شیر چھپا بیٹھا تھا اور اسے جنگل میں کسی اجنبی کی آمد کا احساس ہو گیا تھا۔

سامنے کی جھاڑیوں میں سرسراہٹ ہوئی اور سام کو شیر کے اگلے پنجے نظر آ گئے۔ وہ جھاڑیوں سے باہر آ رہا تھا اور اس سے پہلے کہ شیر مکمل طور پر سامنے آتا سام نے ایک جست لگائی اور دوسرے ہی لمحے وہ ایک درخت کی اونچی شاخ پر پہنچ چکا تھا۔ وہ اب شیر کی پہنچ سے دور تھا مگر اس کا دل اب بھی زور زور سے دھڑک رہا تھا۔ اسے جنگل میں رہتے ہوئے ایک عرصہ بیت چکا تھا مگر کسی درندے سے آمنا سامنا آج پہلی بار ہوا تھا۔

سام درخت کی شاخ پر بیٹھا آنکھیں پھاڑے شیر کو دیکھ رہا تھا جو اب اس کی نگاہوں کے بالکل سامنے تھا اور اس کو خونخوار نظروں سے گھور رہا تھا۔ کئی لمحے گزر گئے۔ درخت پر بیٹھے بیٹھے سام کے ہاتھ پاؤں سن ہونے لگے۔ سام کو شیر کے ٹلنے

کا مزید انتظار نہ کرنا پڑا۔ تھوڑی ہی دیر میں وہ ایک طرف چلنے لگا۔ شاید وہ بھی سام کا انتظار کرتے کرتے تھک گیا تھا۔ سام اس کو دور تک جاتا ہوا دیکھتا رہا اور پھر شیر درختوں اور جھاڑیوں کے جھنڈ میں غائب ہو گیا۔ سام نے اطمینان کا سانس لیا اور آہستہ آہستہ درخت سے نیچے اتر آیا۔ آج اسے پہلی بار اس بات کا احساس ہوا کہ اس کے پاس اس قسم کی صورت حال سے نمٹنے کے لئے کوئی ہتھیار نہیں ہے۔

پھر اسے ریڈ پرل کا خیال آیا جو اس کے کندھے اتر کر اسی وقت جنگل میں نہ معلوم کس طرف نکل گیا تھا جب شیر کی دھاڑ سنائی دی تھی۔

"ریڈ پرل۔۔۔۔۔ ررریڈ ریڈ پ پرل پرل ل ل۔۔۔۔"

سام نے ریڈ پرل کو آواز دی مگر اس کی آواز گونج کی صورت میں واپس آگئی۔ اس نے ایک بار پھر ریڈ پرل کو آواز دی مگر اب بھی کوئی جواب نہ آیا اور نہ ریڈ پر خود آیا۔ سام ایک ایک درخت اور ہر جھاڑی کو بغور دیکھتا ہوا آگے بڑھنے لگا۔ اس کا خیال تھا کہ ریڈ پرل یہیں کہیں کسی درخت یا جھاڑی میں چھپا بیٹھا ہو گا۔ وہ ریڈ پرل کو آوازیں بھی دیتا جا رہا تھا، یہاں تک کہ وہ ریڈ پرل کی تلاش میں گھنی اور کانٹے دار جھاڑیوں سے الجھتا، گرتا پڑتا جنگل میں کافی آگے تک نکل آیا۔ یہاں جنگل کافی گھنا اور تاریک تھا۔ سورج کی روشنی بہ مشکل تمام زمین تک پہنچ رہی تھی۔

وہ تھک چکا تھا۔ اس کے ہاتھوں اور چہرے پر نوکیلے کانٹوں والی جھاڑیوں نے خراشیں ڈال دی تھیں اور اب ان سے خون رس رہا تھا۔ آخر اس نے سوچا، "ریڈ پرل مجھے بھی خوب پہچانتا ہے اور اس غار کو بھی جہاں میں رہتا ہوں۔ مجھے واپس چلنا چاہیے، ریڈ پرل خود ہی وہاں پہنچ جائے گا۔"

وہ واپس جانے کے لئے مڑا۔۔۔ مگر یہ کیا؟ اس کی تو سمجھ میں ہی نہ آیا کہ وہ کس راستے پر سے یہاں پہنچا تھا اور اب کس راستے سے واپس جانا ہے۔ آخر اس نے اپنے اندازے کے مطابق ایک طرف قدم بڑھانے شروع کیے۔ مگر چند قدم چلنے کے بعد ہی اسے اندازہ ہو گیا کہ یہ وہ راستہ نہیں جہاں سے وہ آیا تھا۔ سام نے اس راستے کو چھوڑ کر دوسری سمت میں بڑھنا شروع کیا، مگر دس بیس گز دور چلنے کے بعد اسے رک جانا پڑا۔ وہ ٹھٹھک کر رہ گیا۔ اس کی آنکھوں کے بالکل سامنے درختوں کی مضبوط شاخوں اور ناریل کے بڑے بڑے پتوں کی مدد سے بنائی گئی ایک جھونپڑی موجود تھی۔

"جھونپڑی اور یہاں!" سام کی آنکھیں حیرت سے پھیل گئیں۔ ظاہر ہے کہ اس جھونپڑی کو یہاں بنانے کا کارنامہ کسی انسان نے ہی انجام دیا ہو گا، مگر کس نے؟ سام کی سمجھ میں یہ بات بھی نہ آ سکی کہ یہ جھونپڑی جنگل کے اتنے گھنے اور تاریک حصے میں ہی کیوں بنائی گئی ہے۔ ساحل کے آس پاس بھی بہت جگہ موجود تھی!

جھونپڑی میں ایک طرف اتنا بڑا راستہ موجود تھا جس میں سے ایک آدمی با آسانی اندر آ اور جا سکتا تھا۔ سام نے جھونپڑی کے قریب پہنچ کر احتیاط سے اندر جھانکا۔ خوف کے مارے اس کے رونگٹے کھڑے ہو گئے۔ ایک انسانی ڈھانچہ جھونپڑی کے اندر چاروں خانے چت پڑا تھا اور اس کی پسلیوں میں لمبے پھل والا خنجر پھنسا ہوا تھا۔

سام کے قدم جیسے زمین نے پکڑ لئے۔ کچھ دیر تو اسے اپنا ہوش ہی نہ رہا۔ پھر وہ آہستہ سے جانے کے لئے پلٹا۔ ایک خیال تیزی سے اس کے ذہن میں آیا، "کیوں نہ

میں خنجر اپنے ساتھ لے چلوں؟" اس نے سوچا اور پھر دوبارہ جھونپڑی میں داخل ہو کر خنجر ڈھانچے کی پسلیوں سے کھینچ کر اپنے لمبے بوٹوں میں محفوظ کر لیا اور جھونپڑی سے باہر نکل آیا۔

ایک بار پھر وہ جنگل میں تنہا بھٹک رہا تھا، مگر اس دفعہ اس کو اطمینان تھا کہ اب اس کے پاس ایک ہتھیار یعنی خنجر موجود ہے۔ اگر کسی درندے کا سامنا ہو جائے تو وہ اس کا مقابلہ کر ہی سکتا ہے۔

سام رکے بغیر چلتا رہا۔ چلتے چلتے سام کی نظر درختوں کی اونچی شاخوں پر بیٹھے لنگوروں اور بندروں پر پڑی۔ اس تمام عرصے میں وہ ریڈ پرل کو بھلا ہی بیٹھا تھا۔ اب جو اس نے بندروں کو دیکھا تو اسے ریڈ پرل یاد آ گیا۔ اس نے غور سے درختوں پر بیٹھے ہوئے بندروں کو دیکھا۔ اسے اپنے ریڈ پرل کی خوب پہچان تھی، مگر ان میں اسے ریڈ پرل پھر بھی نظر نہ آیا۔

"معلوم نہیں کہاں چلا گیا؟" سام نے سوچا۔ "خیر جہاں بھی ہو گا، آئے گا تو میرے پاس ہی۔ کم از کم جانوروں سے بے وفائی کی امید نہیں کی جا سکتی۔"

سام اب گھنے جنگلوں سے نکل چکا تھا۔ اچانک اس کے کانوں نے سمندر کی لہروں کا مدھم سا شور سنا اور پھر ذرا ہی دیر میں اسے اپنے جانے پہچانے راستے دکھائی دینے لگے۔ اس نے اطمینان کا سانس لیا۔ اسے راستہ مل چکا تھا۔

رات کو جب سام اپنے غار میں سونے کے لئے لیٹا تو وہ گھنے جنگل کے بیچ میں بنی ہوئی جھونپڑی اور اس میں موجود ڈھانچے کے متعلق سوچنے لگا۔ وہ اب تک یہ سمجھنے سے قاصر تھا کہ جنگل کے تاریک اور گھنے حصے میں وہ جھونپڑی کس مقصد کے لئے

بنائی گئی ہے۔ اس میں انسانی ڈھانچا کس کا تھا؟ اور کس نے قتل کیا تھا اور کیوں؟

اس نے اپنے لمبے بوٹ میں محفوظ کیا ہوا خنجر نکال کر اپنے ہاتھ میں لے لیا اور اسے الٹ پلٹ کر دیکھنے لگا۔ "اس خنجر کی موجودگی سے صاف پتا چلتا ہے کہ یہاں کوئی پہلے بھی آتا رہا ہے۔ اور اس خنجر سے ایک انسان کا قتل بھی کیا جا چکا ہے۔۔۔۔ پھر تو مجھے محتاط رہنا ہو گا۔"

سام کی سوچوں کا سلسلہ اس وقت ٹوٹ گیا جب اس کی نظر خنجر کے دستے پر کھدے ہوئے باریک حروف پر پڑی، شاید کوئی نام لکھا ہوا تھا۔

"ہیری جیر الڈ۔" سام نے زیر لب پڑھا۔

"شاید یہ اس کے مالک کا نام ہو گا۔" سام نے سوچا اور پھر خنجر کو دوبارہ اپنے لمبے بوٹ میں محفوظ کر لیا۔ خنجر کو چھپانے کی اس سے بہتر جگہ اور کوئی نہ تھی۔

سام کو پھر ریڈ پرل کے خیال نے آ لیا۔ ریڈ پرل سے سام کی دوستی اس قدر مضبوط ہو گئی تھی کہ اب سام اپنے آپ کو اس کے بغیر ادھورا سمجھتا تھا مگر اب خبر نہ تھی کہ وہ کہاں ہے۔ سوچتے سوچتے سام کو نیند آ گئی۔ خواب میں بھی وہ یہی دیکھتا رہا کہ بہت سے انسانی ڈھانچوں نے مل کر اس پر حملہ کر دیا ہے اور وہ اکیلا ان سے مقابلہ کر رہا ہے۔

دوسرے دن صبح جب سام کی آنکھ کھلی تو اس نے دیکھا کہ باہر موسلا دھار بارش ہو رہی ہے۔ ہر طرف دھند سی چھائی ہوئی تھی اور سمندر کی بپھری ہوئی جھاگ اڑاتی موجیں ساحل کی چٹانوں سے اپنا سر ٹکرا رہی تھیں۔ سام کی نگاہوں میں کئی مہینے پہلے تباہ ہونے والے بحری جہاز کا منظر گھوم گیا۔ اس کو جھرجھری آ

گئی۔ اس موسلا دھار بارش میں باہر نکلنا ممکن نہ تھا۔ چنانچہ اس نے پہلے سے غار میں جمع کئے ہوئے ناریلوں میں سے ایک ناریل اٹھا لیا اور اسے کھانے لگا۔ کھاتے کھاتے اس کی نظر غار میں ایک طرف رکھی ہوئی کشتی پر جا پڑی۔ اس کے اندر دو چپو بھی رکھے ہوئے تھے۔ جب سے وہ یہاں آیا تھا اس نے ایک بار بھی کشتی کو استعمال نہ کیا تھا۔ استعمال کرتا بھی تو کیوں کر؟ اس کی ضرورت ہی نہیں پڑی تھی۔

کافی دیر بعد جب بارش تھمی تو وہ اپنے غار سے باہر نکلا۔ فضا میں بارش کی خوشبو بکھری ہوئی تھی۔ جنگل کی ہر چیز دھل کر نکھر گئی تھی۔ رنگ برنگے پرندوں کی چہکار سے ایک بار پھر سارا جنگل گونج رہا تھا۔ ساحل سے ٹکراتی ہوئی سمندر کی لہریں، پرندوں کی چہکار، ہر بھرے بارش سے نکھرے نکھرے درخت، پھول اور پودے اور ان کے گہرے کتھئی تنے اور آسمان پر چھائے ہوئے کالے اور سفید بادل، کتنا اچھا لگ رہا تھا یہ سب کچھ! سام کا دل بے اختیار جھوم اٹھا۔

اس روز جب سام جنگل پہنچا تو اس نے دیکھا کہ روز کی طرح آج بھی بندر اور لنگور اونچی اونچی شاخوں پر بیٹھے ہیں مگر آج وہ ایک شاخ سے دوسری شاخ پر چھلانگیں نہیں مار رہے تھے۔ ان کے منہ لٹکے ہوئے تھے اور وہ اپنی اپنی جگہوں پر دبکے ہوئے بے چارگی سے ایک دوسرے کو دیکھ رہے تھے۔ جلد ہی اس کی وجہ بھی سام کی سمجھ میں آ گئی۔ دراصل وہ بارش کی آمد سے پریشان تھے اور بھیگ چکے تھے۔ سام کو یہ صورت خاصی مضحکہ خیز لگی۔ وہ مسکراتا ہوا آگے بڑھ گیا۔

ریڈ پرل کو غائب ہوئے خاصا عرصہ گزر چکا تھا۔ سام نے اسے جنگل میں ہر جگہ تلاش کیا، اسے آوازیں دیں مگر اس کا کہیں سراغ نہ مل سکا اور نہ ریڈ پرل خود

سام کے پاس آیا۔ آخر تھک ہار کے سام نے اس کی تلاش چھوڑ دی۔ آہستہ آہستہ سام کے ذہن سے ریڈ پرل کا خیال محو ہوتا گیا اور وہ اسے بالکل ہی فراموش کر بیٹھا۔

سورج ڈھل رہا تھا۔ سمندر پر پڑتی ہوئی اس کی کرنیں خوبصورت منظر پیش کر رہی تھیں۔ سام حسب معمول چٹان پر بیٹھا کسی بحری جہاز کی آمد کا منتظر تھا، مگر آج بھی اس کی امید بر نہ آئی تھی۔

اس روز رات کو سام اپنے غار میں لیٹا سوچ رہا تھا، "کیا میری زندگی اسی ساحل پر اسی جنگل میں جنگلی جانوروں کے ساتھ گزرے گی؟ مانا کہ یہاں کی زندگی بہت خوبصورت اور ہر فکر سی آزاد ہے، مگر کیا میں کبھی یہاں سے نکل بھی سکوں گا؟ ایک روز میں مر جاؤں گا، کسی کو خبر بھی نہ ہو گی اور میری لاش جنگلی جانور پھاڑ کھائیں گے۔ آخر کیا انجام ہو گا میری زندگی کا؟"

سام کو اپنے بوڑھے انکل فریڈک یاد آئے جنھوں نے فلوریڈا کی بندرگاہ پر بڑی محبت سے اور بہت سی دعائیں دے کر اسے رخصت کیا تھا۔ سام کو اب ان کی کچھ خبر نہ تھی کہ وہ کس حال میں ہیں؟ سوچتے سوچتے نہ معلوم کب سام کی آنکھ لگ گئی۔

دوسرے دن سام ابھی پوری طرح جاگا بھی نہ تھا کہ اچانک اس کو ایسا محسوس ہوا جیسے بہت سے لوگ زور زور سے باتیں کر رہے ہوں۔ پہلے تو وہ سمجھا کہ شاید خواب دیکھ رہا ہے مگر جب اسے فائر کی آواز اور اس کے فوراً بعد ایک انسانی چیخ سنائی دی تو وہ ہڑبڑا کر اٹھ بیٹھا اور آنکھیں ملتے ہوئے غار سے باہر نکلا ہی تھا کہ ایک منظر دیکھ کر چونک پڑا۔ ایک بحری جہاز ساحل پر لنگر انداز تھا اور اس سے کچھ فاصلے پر

سام ہی کی عمر کا ایک آدمی رسیوں سے جکڑا ہوا ریت پر پڑا تھا۔ اس کے شانے سے خون بہہ رہا تھا، غالباً فائر اسی پر کیا گیا تھا۔ اس آدمی نے صرف پتلون پہن رکھی تھی۔ اس کے جسم پر ہنٹر پڑنے کے سرخ نشانات واضح طور پر دیکھے جا سکتے تھے۔ اس کے چہرے پر نفرت اور بے بسی کے تاثرات نمایاں تھے۔

کچھ لوگ اس آدمی سے چند قدم دور کھڑے تیز تیز آواز میں باتیں کر رہے تھے۔ ان میں سے ایک آدمی تیز تیز قدموں سے چلتا ہوا اس قیدی کے پاس آیا جو رسیوں سے جکڑا پڑا تھا۔ سام نے غور سے اسے دیکھا، چوڑے کندھوں اور بھاری جسم والے اس آدمی نے لمبے جوتے پہن رکھے تھے۔ وہ بھورے رنگ کی پتلون اور اسی رنگ کی جگہ جگہ سے ادھڑی ہوئی قمیض پہنے ہوئے تھا۔ اس کے چہرے پر گھنی داڑھی اور مونچھیں تھیں۔ چہرے پر درندگی ٹپک رہی تھی۔ اس نے دائیں ہاتھ میں پستول مضبوطی سے پکڑ رکھا تھا۔ اس کے دوسرے ہاتھ میں ہنٹر تھا۔ اس کے کانوں میں سونے کی بالیاں بھی تھیں۔

"تو تم نہیں بتاؤ گے کہ تم نے ہیروں کا ہار کہاں چھپا رکھا ہے۔" اس آدمی نے قیدی کے سینے پہ پستول چبھوتے ہوئے کہا۔

"مجھے نہیں معلوم جنگلی کتے!" قیدی نے نفرت سے اس آدمی پر تھوک دیا۔

"سڑاک۔۔۔۔ سڑاک۔" فضا میں ہنٹر کی آواز گونجی اور قیدی تکلیف سے بلبلا اٹھا۔ اتنے میں ایک اور آدمی جس کی ایک آنکھ پر سیاہ پٹی بندھی ہوئی تھی دوڑتا ہوا آیا اور کہنے لگا، "اس طرح سے تو یہ مر جائے گا اور ہمیں کبھی معلوم نہ ہو سکے گا کہ ہار کہاں چھپایا گیا ہے۔"

"تم جانتے ہو کہ بلیک ایگل نے کبھی شکست نہیں کھائی۔" وہ گرج کر بولا اور جس آدمی نے اس سے یہ بات کہی تھی، وہ سہم کر دو قدم پیچھے ہٹ گیا۔

ادھر سام ایک چٹان کی اوٹ میں چھپا یہ ساری کاروائی دیکھ رہا تھا۔

"کہیں یہ ڈاکو تو نہیں؟" سام نے سوچا اور پھر اس کی نظر ساحل پر لنگر انداز جہاز کے اونچے سے مستول پر پڑی جہاں ایک سیاہ جھنڈا لہرا رہا تھا۔ سام کا شبہ یقین میں بدل گیا۔ یہ لوگ بحری قزاق تھے اور وہ آدمی جس نے کانوں میں سونے کی بالیاں پہن رکھی تھیں۔ ان قزاقوں کا سردار تھا اور اس کا نام بلیک ایگل تھا۔

سام سوچنے لگا، "مجھے ان لوگوں سے بچ کر رہنا ہو گا۔ یہ ڈاکو خطرناک معلوم ہوتے ہیں، لیکن یہ آدمی کون ہے جس کو ڈاکوؤں نے رسیوں سے باندھ رکھا ہے؟"

بلیک ایگل نے دوبارہ ہنٹر فضا میں لہرایا اور قیدی سے بولا، "بلیک ایگل تم کو حکم دیتا ہے کہ آج سورج ڈھلنے سے پہلے بتا دو کہ ہیروں کا ہار کہاں ہے۔ دوسری صورت میں تمہارا انجام۔۔۔۔"

یہ کہہ کر اس نے معنی خیز نظروں سے پہلے قیدی کی طرف دیکھا اس کے بعد پستول سے ایک اڑتے ہوئے پرندے کا نپے تلے انداز میں نشانہ لیا۔ فائر کی آواز گونجی، پرندہ لہراتا ہوا ریت پر گرا اور تڑپنے لگا۔ ذرا ہی دیر میں وہ پرندہ ٹھنڈا پڑ گیا۔

"تمہارا انجام اس پرندے سے مختلف نہ ہو گا۔" بلیک ایگل نے سخت آواز میں کہا پھر وہ اپنے ساتھیوں کے پاس چلا گیا۔ تھوڑی دیر تک وہ دوسرے ڈاکوؤں سے کوئی صلاح و مشورہ کرتا رہا۔ اس کے بعد وہ دوبارہ قیدی کے پاس آیا اور بولا، "ٹھیک ہے، تمہیں کل کا دن اور دیا جاتا ہے۔ اگر پھر بھی تم نے زبان بند رکھی تو تمہاری

زبان ہمیشہ کے لئے خاموش کر دی جائے گی۔"

اتنا کہہ کر بلیک ایگل پھر اپنے ساتھیوں کے پاس جا کھڑا ہوا۔ قیدی نے کوئی جواب نہ دیا۔ وہ خاموش رہا۔ سام کو اس قیدی سے ہمدردی ہو گئی تھی۔

"مجھے اس قیدی کو بچانا چاہئے۔" اس نے اس قیدی کو ڈاکوؤں سے رہائی دلانے کا فیصلہ کیا اور پھر اپنے غار کی طرف چل پڑا۔

بلیک ایگل سمیت باقی ڈاکوؤں نے بھی وہیں ساحل پر پڑاؤ ڈال دیا۔ ایک ڈاکو سمندر کے کنارے ٹہلنے لگا۔ صبح سے دوپہر ہو گئی۔ تمام ڈاکو وہیں موجود رہے۔ جب کہ قیدی نفرت اور خاموشی سے ان سب کو دیکھتا رہا۔

سام ابھی تک اپنے غار میں موجود تھا۔ وہ باہر آنے کا خطرہ مول نہیں سکتا تھا۔ ظاہر ہے یہ بحری قزاق اس کو بھی پکڑ لیتے اور پھر نہ جانے اس کا کیا حشر کرتے۔ سام ایک طرح سے غار میں قید ہو کر رہ گیا تھا۔ اس کو کیا معلوم تھا کہ ان بحری قزاقوں کا یہاں کب تک قیام رہے گا۔ سام کو یہ بھی خطرہ تھا کہ کہیں ڈاکو اس کے غار تک نہ پہنچ جائیں۔ جس جگہ ڈاکوؤں نے پڑاؤ ڈالا ہوا تھا اس جگہ سے یہ غار چند گز کے فاصلے پر تھا۔ صرف چند ایک چھوٹی بڑی چٹانوں کے بعد غار سامنے نظر آ جاتا تھا۔ سام نے ایک نظر غار میں دوڑائی۔ ایک طرف چند ناریل رکھے ہوئے تھے۔ قریب ہی اس کی کشتی بھی رکھی تھی۔ کشتی کو دیکھتے ہی سام کے ذہن میں ایک خیال آیا۔ "کیوں نہ میں ان کے جہاز میں فرار ہو جاؤں۔ مگر کب اور کس طرح؟"

بحری ڈاکوؤں کے جہاز پر فرار کا خیال بہت اچھا تھا۔ بشرطے کہ اس پر عمل ہو جاتا، لیکن سام جانتا تھا کہ یہ کام اتنا آسان نہیں ہے۔ یہ کام صرف اس وقت ہو سکتا

تھا جب یہ ڈاکو گہری نیند سو جاتے۔

"اس جگہ سے نکلنے کا یہ پہلا اور آخری موقع ہے۔" سام سوچنے لگا، "قدرت نے آج لمبے عرصے بعد یہاں سے نکلنے کا موقع فراہم کیا ہے۔ اگر میں نے اس موقع کو ضائع کر دیا تو شاید میں کبھی یہاں سے نہ نکل سکوں۔ ہاں! مجھے اس موقع کو ضائع نہیں کرنا چاہئے۔ میں اب انسانوں میں جا سکوں گا۔ مگر میں اکیلا نہیں جاؤں گا۔ میرے ساتھ یہ اجنبی بھی ہو گا جس کو ان بحری ڈاکوؤں نے قید کر رکھا ہے۔"

سام نے بحری ڈاکوؤں کے جہاز پر فرار ہونے کا فیصلہ کر لیا اور اب اسے رات ہونے کا انتظار تھا۔

رات ہوئی تو سام نے غار سے نکل کر ایک چٹان کے پیچھے چھپ کر ڈاکوؤں کو دیکھا۔ وہ سب آگ جلا کر اس کے گرد دائرے کی شکل میں بیٹھے ہوئے تھے۔ پھر ان میں سے ایک آدمی اٹھا اور جہاز پر چلا گیا۔ جب وہ واپس آیا تو اس کے ہاتھ میں ایک بڑا برتن تھا۔ اس نے برتن سب کے بیچ رکھ دیا۔ اس برتن میں بھنے ہوئے گوشت کے ٹکڑے تھے۔

سام نے جو بھنا ہوا گوشت دیکھا تو اس کے منہ میں پانی بھر آیا۔ اس ساحلی جنگل میں زندگی گزارتے گزارتے وہ تو بھول ہی چکا تھا کہ اس دنیا میں گوشت نام کی بھی کوئی چیز ہے۔ اس کی زبان گوشت کا ذائقہ ہی بھول چکی تھی۔ جنگل میں وہ ناریل اور دوسرے جنگلی پھل کھاتے کھاتے بیزار ہو چکا تھا۔ مگر وہ یہ سب کھانے پر مجبور تھا۔

جنگل میں پرندوں اور جانوروں کی کمی نہیں تھی، مگر ایک تو ان کو شکار کرنے

کے لئے اس کے پاس کوئی ہتھیار نہ تھا اور وہ اگر شکار کر بھی لیتا تو اس کو بھوننے یا پکانے کے لئے آگ کہاں سے لاتا؟ کچا گوشت وہ کھا نہیں سکتا تھا۔

سام کا دل چاہا کہ وہ لپک کر ان کے پاس جائے اور گوشت کھانا شروع کر دے، مگر اس کا یہ خیال بے وقوفی ہی تھا۔ اس لئے وہ خاموش رہا۔ وہ ڈاکو کھانا کھاتے رہے۔ چند لمحوں بعد گوشت کا برتن خالی ہو چکا تھا۔ اس کے بعد انہوں نے اپنے اپنے کندھوں سے لٹکی ہوئی چھاگلوں سے پانی پیا اور وہیں ریتیلی زمین پر لیٹ کر سستانے لگے۔

بلیک ایگل اور دوسرے ڈاکوؤں میں سے کسی نے بھی قیدی سے کھانے کو پوچھنے کی زحمت نہیں کی۔ وہ ان سب کو خاموشی سے کھاتے دیکھتا رہا۔

ڈاکوؤں نے جو آگ جلائی تھی وہ اب بجھ چکی تھی۔ اب اس کی راکھ سے ہلکا ہلکا دھواں اٹھ رہا تھا۔ تھوڑی دیر بعد وہ بھی ختم ہو گیا۔

کچھ دیر بعد جھینگروں کی آواز کے ساتھ ساتھ ڈاکوؤں کے خراٹے بھی بلند ہو رہے تھے۔ وہ سب گہری نیند سو چکے تھے اور سام کو اسی موقع کی تلاش تھی۔

وہ چٹان کی اوٹ سے نکل آیا اور بڑی احتیاط سے قدم اٹھاتا ہوا ڈاکوؤں کے درمیان میں پہنچ گیا۔ آج چاند بھی نہیں نکلا تھا جس کی وجہ سے تاریکی چھائی ہوئی تھی۔ آسمان پر صرف ستارے چمک رہے تھے۔ لیکن بھلا ان کی روشنی کی کیا حیثیت تھی۔ سام نے آنکھیں پھاڑ کر تمام ڈاکوؤں کو دیکھا۔ وہ یہ اندازہ کرنا چاہ رہا تھا کہ وہ قیدی کس جگہ پر ہے۔ پھر اس کی نظر ایک جگہ پر رک گئی۔ وہ قیدی بلیک ایگل سے کچھ فاصلے پر دوسری طرف منہ کئے پڑا تھا۔ اس کے چاروں طرف سات ڈاکو سو

رہے تھے۔ سام کو اب ان بے خبر سوتے ہوئے ڈاکوؤں کو پھلانگنا تھا۔ اس کام میں بڑی احتیاط کی ضرورت تھی۔ ذرا سی چوک ہو جاتی تو قیدی کو آزاد کرنا تو دور کی بات تھی، خود سام بھی ان کا قیدی بن جاتا۔

سام جمناسٹک کے ماہر کی طرح چھے ڈاکوؤں کے اوپر سے پھلانگ گیا۔ مگر جوں ہی وہ ساتویں ڈاکو کے اوپر سے پھلانگنے لگا، اس کا توازن بگڑ گیا۔ اس نے اپنے آپ کو فوراً سنبھال لیا، مگر اس دوران سام کی ٹھوکر اس ڈاکو کو لگ چکی تھی۔ اس نے کروٹ بدلی۔ سام جہاں تھا وہیں جم گیا۔ کچھ بھی نہیں ہوا اور وہ ڈاکو کروٹ بدل کر پھر بے خبر سو گیا۔

کچھ دیر بعد سام اس قیدی کے قریب پہنچ چکا تھا۔ وہ ابھی تک جاگ رہا تھا۔ سام کو دیکھتے ہی اس کے چہرے پر حیرت اور خوشی کی لہر دوڑ گئی۔ اس نے کچھ کہنے کے لئے منہ کھولا ہی تھا کہ سام نے اس کے منہ پر ہاتھ رکھ دیا۔ ذرا سی غلطی بنا بنایا کھیل بگاڑ سکتی تھی۔ سام نے قیدی کی رسیاں کھول ڈالیں۔

اس نے کھڑے ہو کر اپنے جسم کو ہلکے ہلکے جھٹکے دیئے۔ رسیوں سے بندھے رہنے کی وجہ سے اس کا جسم اور ہاتھ پاؤں سن ہو گئے۔ اس سے کھڑا رہنا مشکل ہو رہا تھا۔

سام کوئی آواز پیدا کئے بغیر اس کو سہارا دے کر اپنے غار میں لے آیا اور آرام سے غار کی دیوار سے ٹیک لگا کر بٹھا دیا۔

"کون ہو تم؟ ان ڈاکوؤں کے ہتھے کیسے چڑھ گئے؟ یہ تم سے کس ہار کے متعلق پوچھ رہے تھے؟" سام نے ایک ساتھ کئی سوال کر ڈالے۔

"سب کچھ بتا دوں گا، پہلے مجھے کھانے کو کچھ دو۔" اس نے آہستہ سے کہا۔ سام نے چند ناریل اٹھا کر اس کے آگے رکھ دیئے اور بولا، "اس وقت میرے پاس یہی کچھ ہے۔" کہتے ہوئے سام نے ایک ناریل توڑا اور اس آدمی کے ہونٹوں سے لگا دیا۔ وہ غٹا غٹ ناریل کا سارا پانی پی گیا۔ اس کے بعد اس نے ناریل کھانا شروع کر دیا۔ اس طرح اس نے تین چار ناریل کھا لئے۔ معلوم نہیں کب کا بھوکا تھا وہ!

"میرا نام سائمن ہے۔" اس کے پوچھنے سے پہلے ہی اس آدمی نے اپنا نام بتا دیا۔

"لیکن تم ان ڈاکوؤں کے ہتھے کیسے چڑھ گئے؟" اور پھر ہیروں کا۔۔۔۔"
"میں جانتا ہوں تم میرے بارے میں سب کچھ جاننا چاہو گے۔" سائمن اس کی بات کاٹ کر بولا، "میں تم کو سب کچھ بتاتا ہوں۔۔۔۔ لیکن ٹھہرو میں ذرا پہلے کچھ ناریل اور کھالوں۔ میں نے رات سے کچھ نہیں کھایا ہے۔"

جتنی دیر وہ ناریل کھاتا رہا سام اس کو بے قراری دیکھتا رہا۔ "کتنی ظالم چیز ہوتی ہے یہ بھوک بھی!" سام نے سوچا۔ اس کو اپنا وقت یاد آیا جب وہ اس ساحل پر پہلی بار اترا تھا تو اس نے بھی ناریل کھا کر اپنے پیٹ کی آگ بجھائی تھی۔

جب سائمن کا پیٹ بھر گیا تو اس نے غار کی زمین پر اپنے پیر پھیلا دیے اور چھت کو تکنے لگا۔ شاید وہ گزرے ہوئے واقعات کی کڑیاں ملانے کی کوشش کر رہا تھا۔ سائمن نے گہرا سانس لے کر سام کو دیکھا اور پھر اپنی داستان شروع کی، "میری ماں جنوبی امریکہ کے ایک چھوٹے سے شہر میں رہا کرتی تھی۔ جب میں نے ہوش

سنبھالا تو اپنے آپ کو ایک خوبصورت اور شاندار گھر میں پایا۔ میرے باپ کا میری پیدائش سے پہلے ہی انتقال ہو چکا تھا اور اتنے بڑے گھر میں صرف میں، میری ماں اور چند ایک ملازم رہتے تھے۔ ایک روز ایک آدمی میری ماں کے پاس آیا۔ اس کی بڑی بری حالت تھی۔ اس نے میری ماں کی بڑی خوشامد کی کہ اسے اپنے گھر میں ملازم رکھ لیں۔ پہلے تو میری ماں نے انکار کیا کہ اسے کسی ملازم کی ضرورت نہیں، مگر جب وہ مانا ہی نہیں تو اسے رکھ لیا۔ اس کا نام سموئیل تھا۔ میں نے اس آدمی کو غور سے دیکھا۔ وہ مجھے اچھا نہیں لگا تھا۔ پتا نہیں کیوں۔ میں نے اپنی ماں سے کہا کہ یہ آدمی مجھے ٹھیک نہیں معلوم ہوتا۔ مگر انہوں نے میری بات کو کوئی اہمیت نہ دی۔

ہمارا نیا ملازم کچھ دن تک تو ٹھیک رہا، مگر ایک دن بغیر کچھ بتائے غائب ہو گیا اور جاتے جاتے میری ماں کا نایاب ہیروں کا ہار بھی اپنے ساتھ لے گیا۔ اس ہار میں کل بارہ ہیرے تھے۔ میری ماں اس ہار کو خاص خاص موقعوں پر پہنتی تھیں۔ اس کی چمک دمک سے آنکھیں خیرہ ہو جاتیں۔ اس ہار کی قیمت لاکھوں ڈالر تھی۔ جلد ہی سب کو یہ بات معلوم ہو گئی کہ ہمارا ہیروں کا ہار غائب ہو گیا ہے۔ میری ماں نے پولیس سے رابطہ قائم کیا۔ ہمارا نیا ملازم سموئیل تو گرفتار نہ ہو سکا، مگر وہ ہار گھر سے کچھ دور ایک جھاڑی میں پڑا ہوا مل گیا۔ شاید سموئیل نے گرفتاری کے خوف سے ہار جھاڑی میں پھینک دیا تھا۔

ہار تو مل گیا، مگر اس کے بعد ہم پر اس کی وجہ سے مصیبتوں کے دروازے کھل گئے۔ بہت سے لوگوں کو علم ہو گیا کہ ہمارے پاس قیمتی ہیروں کا ہار ہے۔ اس ہار کو اس کے بعد بھی کئی مرتبہ چرانے کی کوشش کی گئی۔ آخر تنگ آکر میری ماں نے

اس گھر کو بیچ دیا اور دوسرے قصبے میں اپنے بھائی کے پاس آ کر رہنے لگیں۔ مگر پریشانیوں نے یہاں بھی ہمارا پیچھا نہ چھوڑا۔ ایک ڈاکو بلیک ایگل کے ایک ساتھی کو کسی طرح یہ بات معلوم ہو گئی کہ ہمارے پاس نایاب ہیروں کا ایک ہار ہے۔ یہ ڈاکو نامعلوم اس قصبے میں کیا کرنے آیا تھا۔

آخر ایک دن میری ماں نے اپنے بھائی کو وہ ہار ایک تھیلی میں بند کر کے دیا اور کہا کہ اسے اب گھر میں رکھنا ٹھیک نہیں۔ شہر میں ہمارے بڑے بھائی کی بیوہ رہتی ہیں۔ اسے حفاظت سے ان کے گھر پہنچا دو۔ غرض میرے ماموں نے وہ ہار ماں سے لے لیا اور مجھے لے کر گھر سے نکلے۔ ہم لوگ شہر کی طرف جانے والے راستے پر چلنے لگے۔ قصبے کی آبادی پیچھے رہ گئی تھی اور سنسان علاقہ شروع ہو گیا تھا۔ میں اور میرے ماموں تیز تیز قدم اٹھاتے چلے جا رہے تھے کہ اچانک ہمیں اپنے پیچھے قدموں کی آہٹ سنائی دی اور اس سے پہلے کہ ہم پیچھے مڑ کر دیکھتے میرے سر پر کوئی وزنی چیز پڑی اور پھر مجھے کوئی ہوش نہ رہا۔ صرف اتنا یاد ہے کہ ہمارے پیچھے وہی ڈاکو تھا جس نے اپنی ایک آنکھ پر سیاہ پٹی باندھ رکھی ہے۔ اس کا نام مارش ہے۔۔۔۔"

"تو کیا مارش نے وہ ہیروں کا ہار تم سے چھین لیا تھا؟" سام نے سائمن کی بات کاٹی۔

"نہیں۔" سائمن نے جواب دیا۔

"وہ ہار خوش قسمتی سے میرے ماموں کے پاس ہی رہا۔ البتہ ڈاکو یہ سمجھتے رہے کہ وہ ہار ہم نے گھر میں کہیں چھپا رکھا ہے۔ بہرحال اس روز جب مجھے ہوش آیا تو میں اسی جگہ تھا جہاں پر اب یہ ڈاکو مجھے لے آئے ہیں۔ مجھے اور میرے ماموں کو ان

بحری قزاقوں نے بڑی اذیتیں دے دے کر ہار کے بارے میں معلوم کرنا چاہا، مگر ہم نے انہیں کچھ نہ بتایا۔ آخر ایک روز ہمیں فرار ہونے کا موقع مل گیا۔ ہیروں کا ہار میرے ماموں کے پاس تھا۔ وہ اسے لے کر گھنے جنگل میں نکل گئے اور میں ان ڈاکوؤں کے جہاز میں ایک جگہ چھپ کر بیٹھ گیا۔ سب ڈاکو جنگل میں پھیل گئے اور پاگلوں کی طرح ہمیں ڈھونڈنے لگے، مگر ہم انہیں نہ مل سکے۔

آخر ایک دن ان کا جہاز اس جگہ سے واپس ہوا۔ میں اس میں چھپا بیٹھا تھا۔ میں بڑی مشکل سے چھپتا چھپاتا دوبارہ اپنے قصبے پہنچا۔ اس دفعہ ماموں میرے ساتھ نہیں تھے۔ مجھے قصبے میں آئے ہوئے ابھی دوسرا دن ہی تھا کہ ان ڈاکوؤں کو بھی یہ بات معلوم ہو گئی کہ میں اپنے گھر پہنچ چکا ہوں۔ چناں چہ ایک روز جب میں گھر میں موجود نہیں تھا یہ ڈاکو ہمارے گھر میں گھس آئے اور میری ماں کو ڈرا دھمکا کر میرے بارے میں پوچھنے لگے۔ جب ماں نے انہیں کچھ نہ بتایا تو وہ میری ماں کو ہی اغوا کر کے لے گئے۔ ظاہر ہے وہ ان سے میرے، میرے ماموں اور ہیروں کے ہار کے بارے میں پوچھتے رہے ہوں گے، مگر میری ماں نے اپنی زبان بند رکھی۔ اس کا نتیجہ یہ نکلا کہ مجھے جلد ہی اپنی ماں کی لاش گھوڑوں کے اصطبل میں پڑی مل گئی۔ میری ماں انہیں بتاتیں بھی تو کیا، ہار تو ان کے پاس رہا نہیں تھا۔ یہ ڈاکو بڑے سفاک ہیں۔ انہوں نے صرف اس پر بس نہیں کیا۔ ایک رات انہوں نے ہمارے مکان کی اچھی طرح تلاشی لینے کے بعد اسے آگ لگا دی۔ میں ایک بار پھر جان بچا کر بھاگ نکلا، مگر پکڑا گیا۔ ان ڈاکوؤں کو یقین ہے کہ ہار میرے پاس ہی موجود ہے اور میں نے اسے کہیں چھپا رکھا ہے۔ اس دن کے بعد مجھے اپنے ماموں کی صورت پھر کبھی

دکھائی نہ دی۔ میرا خیال ہے کہ وہ اسی ساحلی جنگل میں کہیں بھٹک گئے ہیں۔ پتا نہیں وہ زندہ بھی ہوں گے یا نہیں۔ اس جنگل میں درندوں کی بھی کمی نہیں۔ ہو سکتا ہے انہیں کسی درندے نے مار ڈالا ہو۔"

سائمن اپنی داستان سنا کر خاموش ہو گیا۔

تھوڑی دیر بعد اس نے سر اٹھا کر پوچھا، "مگر تم کون ہو اور اس ساحلی جنگل میں کیسے پہنچے؟"

"میں؟" سام جو اس کی داستان سنتے سنتے نہ جانے کن سوچوں میں گم ہو گیا تھا اچانک چونک پڑا۔ واقعی اس نے اب تک اپنا تعارف تو کرایا ہی نہیں تھا۔ پھر سام نے اپنا تعارف کرایا اور سفر، بحری جہاز کی تباہی اور یہاں تک پہنچنے کا سارا حال کہہ سنایا۔

"اس کا مطلب یہ ہے کہ تمہیں یہاں رہتے ہوئے خاصا عرصہ گزر چکا ہے!" سائمن نے سام کی کہانی سننے کے بعد کہا۔

"ہاں، میں تمہیں یہ بھی بتا دوں کہ آج مجھے خاصے عرصے بعد کسی انسان سے ملنے اور اس سے باتیں کرنے کا موقع ملا ہے۔ مگر یہ تو بتاؤ ہم اس وقت ہیں کہاں؟" سائمن سے سام نے پوچھا۔

"میں نے خود کئی بار یہ جاننے کی کوشش کی کہ یہ کون سی جگہ ہے، مگر مجھے کسی طرح معلوم نہ ہو سکا۔ شاید یہ کوئی گم نام ساحلی جنگل ہے۔" سائمن نے جواب دیا۔

رات خاصی گزر چکی تھی۔ سمندر کی لہروں کا مدھم شور اور جنگل سے آتی ہوئی جھینگروں کی آوازیں مل کر عجیب سا تاثر پیش کر رہی تھیں۔ اچانک سام نے سائمن

سے پوچھا، "تمہارے ماموں کا نام کیا تھا؟"

"ہیری۔۔۔۔ہیری جیرالڈ۔" سائمن نے جواب دیا۔

"ہیری جیرالڈ۔" سام نے زیر لب کہا۔ اس کے ذہن میں اچانک بجلی سی کوند گئی۔ اس نے اپنے لمبے بوٹ میں چھپا ہوا خنجر نکال کر سائمن کے سامنے کر دیا اور اس سے پوچھا، "یہ خنجر تمہارے ماموں کا تو نہیں؟ اس کے دستے پر ہیری جیرالڈ کھدا ہوا ہے۔"

سائمن نے جھپٹ کر وہ خنجر سام کے ہاتھ سے لے لیا۔

"ہاں، ہاں، یہ انہی کا خنجر ہے۔ تمہیں کہاں سے ملا؟ کیا میرے ماموں زندہ ہیں؟ کہاں ہیں وہ؟" سائمن نے جلدی جلدی پوچھا۔

سام سمجھ گیا کہ گھنے جنگل کے بیچ جھونپڑی میں جو انسانی ڈھانچا اس نے دیکھا تھا وہ سائمن کے ماموں ہیری جیرالڈ کا ہی ہے۔ ڈاکوؤں نے ہیروں کے ہار کے بارے میں نہ بتانے پر ان کے خنجر سے ہی انہیں مار ڈالا ہو گا۔

وہ آہستہ سے بولا، "وہ اب اس دنیا میں نہیں ہیں۔"

"کیا؟ کیا انہیں جنگلی درندوں نے مار ڈالا؟" سائمن نے ڈوبتی ہوئی آواز میں پوچھا۔

"ہاں انہیں ان جنگلی درندوں نے ختم کر ڈالا۔" سام نے باہر ساحل پر سوئے ہوئے ڈاکوؤں کی طرف اشارہ کرتے ہوئے کہا۔

"افسوس! ظالموں نے انہیں بھی زندہ نہ چھوڑا۔" سائمن نے بے بسی سے ہاتھ ملتے ہوئے کہا۔

پھر ایک دم اس کا چہرہ سرخ ہو گیا اور مٹھیاں بھینچ گئیں۔ اس نے غصے سے کہا،
"میں ان لوگوں کو زندہ نہیں چھوڑوں گا۔ میں ان سے انتقام لوں گا۔"

سام نے بڑی مشکل سے سائمن کو پکڑ کر دوبارہ بٹھایا اور اسے سمجھانے لگا۔
"جذبات میں بہنے سے کام نہیں چلے گا۔ ہم دونوں مل کر ان ڈاکوؤں پر قابو پانے کی کوئی ترکیب سوچیں گے اور ان کے ظلم کا پورا پورا بدلہ لیں گے۔ لاؤ یہ خنجر مجھے دے دو۔ ہمیں بعد میں اس کی ضرورت پڑے گی۔"

اس نے سائمن سے خنجر لے کر دوبارہ اپنے لمبے بوٹ میں چھپا لیا اور سائمن کو سمجھایا، "سب سے پہلے تو ہمیں ان ڈاکوؤں کو ہتھیاروں سے محروم کرنا ہو گا۔ اس کے بعد ہی ہم ان پر قابو پا سکیں گے۔ میرے پاس اس وقت صرف ایک یہی خنجر ہے جب کہ تم بالکل نہتے ہو۔"

"یہ بھی تو سوچو کہ ہم صرف دو ہیں اور ہمارے مقابلے میں ڈاکو سات ہیں۔" سائمن نے سام کو احساس دلایا۔ واقعی سام کا دھیان ان ڈاکوؤں کی تعداد کی طرف تو اب تک گیا ہی نہیں تھا۔

"موقع اچھا ہے سائمن! تمام ڈاکو بے خبر ہیں۔ ہم خاموشی سے جا کر ان کے پستول اٹھا لاتے ہیں۔" سام نے کچھ سوچ کر کہا اور وہ دونوں اٹھ کھڑے ہوئے۔

"ٹھیک کہتے ہو۔ یہ موقع اب شاید ہی تم کو مل سکے۔" اچانک ایک آواز نے ان کو چونکا دیا۔ سام اور سائمن نے ایک ساتھ پلٹ کر دیکھا۔ بلیک ایگل اپنے ساتھیوں سمیت غار کے دہانے پر پستول تانے کھڑا تھا۔

صبح ہونے لگی تھی۔ بلیک ایگل دوسرے ڈاکوؤں کے ساتھ سام اور سائمن کو

پستول کی زد پر لئے ہوئے جنگل کی طرف بڑھتا چلا جا رہا تھا۔ سائمن اور سام کے ہاتھ پیچھے کی طرف کر کے مضبوطی سے باندھ دیئے گئے تھے۔ وہ ایک دوسرے سے کوئی بات کئے بغیر خاموشی سے چل رہے تھے۔ ان کے تو وہم و گمان میں بھی نہ تھا کہ بلیک ایگل اس طرح اچانک نازل ہو جائے گا۔ اب جو سلوک یہ ڈاکو ان کے ساتھ کرنے والے تھے اس سے یہ دونوں اچھی طرح واقف تھے، مگر وہ کچھ بھی نہیں کر سکتے تھے۔ وہ ڈاکوؤں کے رحم و کرم پر تھے۔

ایک ڈالی سے دوسری ڈالی پھدکتی ہوئی رنگ برنگی چڑیوں کے چہچہانے کی آواز جنگل میں گونج رہی تھی۔ ایک ہدہد کی آواز سب سے بلند تھی۔ کہیں کہیں سرسبز جھاڑیوں میں کئی رنگ کے پھول کھلے ہوئے تھے۔ ان کے اوپر خوبصورت تتلیاں اڑتی پھر رہی تھیں۔ سام کے لئے یہ منظر نئے نہیں تھے، جب کہ سائمن سوچ رہا تھا کہ اگر وہ آزاد ہوتا تو یہ لمحے اس کے لئے کتنے خوبصورت ہوتے۔ یہ چھوٹا سا قافلہ چلتے چلتے گھنے جنگل میں داخل ہو گیا۔ سورج نکل چکا تھا، مگر اس کی روشنی پوری طرح جنگل کے اس حصے تک نہیں پہنچ رہی تھی۔ آخر وہ اس جھونپڑی کے قریب پہنچ گئے جو درخت کی مضبوط شاخوں اور ناریل کے بڑے بڑے پتوں کی مدد سے بنائی گئی تھی۔

"تو گھنے جنگل کے بیچ یہ جھونپڑی ڈاکوؤں کا کارنامہ ہے۔" سام نے سوچا۔
"یہی وہ جگہ ہے جہاں ان ڈاکوؤں نے تمہارے ماموں کو قتل کیا تھا۔" سام نے سائمن کے کان میں سرگوشی کی۔

"خاموشی سے چلتے رہو۔" ایک ڈاکو نے پستول کا دستہ سام کے کندھے پر مار کر

کہا۔

سام تلملا کر رہ گیا۔

بلیک ایگل نے سام اور سائمن کو جھونپڑی کے اندر دھکیل دیا۔ اس کے بعد مارش کو اشارہ کیا۔ اس نے جلدی سے آگے بڑھ کر ان دونوں کے پاؤں بھی رسیوں سے جکڑ دیئے۔ اب وہ بالکل حرکت نہیں کر سکتے تھے۔

پھر بلیک ایگل نے مارش کو ایک اور اشارہ کیا۔ وہ دوڑتا ہوا اسی طرف چلا گیا جہاں سے وہ لوگ آئے تھے۔ سام سوچنے لگا، "شاید بلیک ایگل نے اسے ساحل پر لنگر انداز جہاز پر بھیجا ہے، مگر کیوں؟"

کچھ دیر بعد مارش آتا ہوا دکھائی دیا۔ اس کے ہاتھ میں ایک بڑا سا تھیلا تھا۔ مارش نے وہ تھیلا بلیک ایگل کو دے دیا۔ شاید اس تھیلے میں کوئی موٹی رسی تھی۔ بلیک ایگل نے وہ تھیلا سام اور سائمن کی آنکھوں کے بالکل سامنے کھولا۔ ان دونوں کی آنکھیں اس تھیلے پر جم کر رہ گئیں۔ تھیلے کے کھلے ہوئے منہ سے سبز رنگ کا سانپ اپنی سرخ رنگ کی دو شاخہ زبان نکالے تیز نگاہوں سے ان دونوں کو دیکھ رہا تھا۔ سام اور سائمن کے چہرے خوف سے زرد پڑ گئے۔

ان کی یہ حالت دیکھ کر بلیک ایگل نے خوفناک قہقہہ لگایا اور کہا، "بلیک ایگل کو کبھی کوئی شکست نہ دے سکا۔ اب بھی وقت ہے۔ بتاؤ ہیروں کا ہار کہاں ہے؟ اگر تم نے سچ سچ بتا دیا تو میں وعدہ کرتا ہوں کہ تم دونوں کو حفاظت سے کسی قریب کی بندرگاہ پر اتار دیا جائے گا۔ نہ بتانے کی صورت میں تمہارا انجام کیا ہو گا یہ بتانے کی ضرورت نہیں۔ تم دونوں اس کونے میں پڑے ہوئے ڈھانچے کو دیکھ سکتے ہو۔"

سام اور سائمن کی نظر ایک ساتھ جھونپڑی کے کونے کی طرف اٹھ گئی۔ وہاں ایک انسانی ڈھانچا پڑا ہوا تھا۔ سام اس سے پہلے بھی اس ڈھانچے کو دیکھ چکا تھا۔ سائمن کے حلق سے چیخ نکلتے نکلتے رہ گئی۔ سام جانتا تھا کہ وہ ڈھانچا کس کا ہے، لیکن وہ خاموش رہا۔

"یقیناً تم نہیں چاہو گے کہ کچھ دنوں بعد تمہارے ڈھانچے بھی اس ڈھانچے کے ساتھ پڑے ہوں۔ میں کل پھر آؤں گا۔" یہ کہہ کر بلیک ایگل نے سانپ کو دوبارہ تھیلے میں بند کر کے تھیلا مارش کے حوالے کیا اور مارش اور اپنے ایک دوسرے ساتھی جم کو جھونپڑی کے باہر بٹھا کر باقی ساتھیوں کے ساتھ چلا گیا۔ ان کے قدموں کی دھمک تھوڑی دیر تک سنائی دیتی رہی اور پھر ختم ہو گئی۔

پہلے تو صرف سائمن ان کا قیدی تھا مگر اب سام بھی ان کا قیدی بن چکا تھا۔ ان کی رسیاں اس قدر کس کے باندھی گئی تھیں کہ وہ حرکت کر ہی نہیں سکتے تھے۔ بلیک ایگل نے ان سے کہا تھا کہ اگر وہ ہیروں کا ہار اس کے حوالے کر دیں تو وہ اس کے بدلے میں ان کو کسی قریب کی بندرگاہ پر اتار دے گا، مگر وہ جانتے تھے کہ یہ اس کا محض فریب ہے۔ اول تو یہ کہ ان کو ہار کے بارے میں کچھ معلوم ہی نہیں تھا اور اگر انہیں معلوم ہوتا بھی اور وہ ہار ان کے حوالے کر دیتے تو بھی بلیک ایگل اور اس کے ساتھی انہیں زندہ چھوڑنے کا خطرہ مول نہیں سکتے تھے۔ انہیں ان ڈاکوؤں سے کسی رحم کی امید نہیں تھی۔

مارش جھونپڑی کے عین سامنے ایک تاڑ کے درخت کے تنے سے ٹیک لگا کر بیٹھ گیا۔ کچھ دیر بعد اس نے سگار نکال کر سلگایا اور لمبے لمبے کش لینے لگا۔ اپنا پستول

اس نے قریب ہی رکھ دیا تھا۔ سام اور سائمن رسیوں سے بندھے مارش کو دیکھ رہے تھے۔ سام نے جم کا بھی جائزہ لیا جو مارش کے ساتھ ان کی نگرانی کر رہا تھا۔ یہ ڈاکو بھی دوسرے ڈاکوؤں کی طرح خوفناک نظر آتا تھا۔

سام نے ایک عجیب بات محسوس کی۔ جم بار بار بے چینی سے پہلو بدل رہا تھا۔ ایسا لگ رہا تھا جیسے اسے کسی بات کا انتظار ہے۔ سام نے آہستہ سے سائمن کو اس طرف متوجہ کیا۔ واقعی جم کی آنکھوں سے بے چینی کا اظہار ہو رہا تھا۔ پھر اچانک جم کی نگاہ ان دونوں کی طرف اٹھ گئی۔ اس نے فوراً اپنی بے چینی پر قابو پانے کی ناکام کوشش کرتے ہوئے اپنے پستول کا رخ ان دونوں کی طرف کیا اور کہا، "اگر یہاں سے فرار ہونے کا سوچ رہے ہو تو بالکل غلط سوچ رہے ہو۔"

اچانک سام نے مارش اور جم سے کہا، "اگر ہم تمہیں ہیروں کا ہار دے دیں تو کیا تم ہمیں آزاد کر دو گے؟" سام نے یہ بات نہ جانے کیا سوچ کر کہی تھی کہ سائمن حیرت سے اس کا منہ تکنے لگا۔

مارش نے سگار کا ایک طویل کش لیتے ہوئے غصے سے اس کی طرف دیکھا اور بولا، "ہمیں دھوکا دے کر فرار ہونا چاہتے ہو۔ اس خوش فہمی کو دل سے نکال دو۔" جم نے کچھ کہنے کے لئے منہ کھولا، مگر کچھ سوچ کر چپ ہو گیا۔ سام خاموش ہو گیا۔ اس کے بعد مارش اور جم نے بھی کوئی بات نہیں کی۔

رات ہوئی تو سارے جنگل میں اور زیادہ خاموشی چھا گئی۔ صرف جھینگروں کی آواز اس خاموشی کو توڑ رہی تھی۔ آج رات چاند پوری آب و تاب سے چمک رہا تھا، مگر گھنے جنگل میں اس کی روشنی بہت مدھم تھی۔ ہر چیز سایوں کی طرح نظر آ رہی

تھی۔ ہلکی ہلکی ہوا بھی چل رہی تھی۔ جھونپڑی میں ایک طرف سام اور سائمن پڑے تھے۔ ان سے چند گز کے فاصلے پر وہ انسانی ڈھانچا تھا۔ سائمن کو ایسا لگا جیسے وہ ڈھانچا ابھی تھوڑی دیر میں بولنے لگے گا۔ وہ خوف سے سمٹ گیا۔

صبح سے یہ وقت آگیا تھا۔ بھوک سے ان کی بری حالت ہو رہی تھی۔ مچھروں نے الگ کاٹ کاٹ کر ان کا برا حال کر دیا تھا۔ ایسے میں بھلا ان کو نیند کہاں سے آتی۔ دونوں ڈاکو مارش اور جم اب تک ایک لمحے کے لئے بھی ان کی طرف سے غافل نہیں ہوئے تھے، مگر تھوڑی دیر بعد مارش اونگھنے لگا۔ جس تھیلے میں سانپ بند تھا وہ مارش کے پاس ہی پڑا تھا، مگر اب اس میں حرکت ہو رہی تھی۔ ایسا لگتا تھا جیسے سانپ باہر نکلنے کے لئے بے چین ہے۔

جم کی آنکھوں میں نیند کا دور دور تک پتا نہ تھا۔ وہ بے چینی سے مارش کو بار بار دیکھ رہا تھا۔ سام اب بھی نہ سمجھ سکا تھا کہ جم آخر اتنا بے چین کیوں ہے؟ کچھ ہی دیر بعد مارش گہری نیند سو گیا۔ اس کا پستول اس کے پاس پڑا ہوا تھا۔ جم نے آنکھیں پھاڑ کر پہلے مارش کو دیکھا اس کے بعد اس نے جھونپڑی کے اندر نگاہ دوڑائی، مگر چاند کی روشنی پوری طرح جھونپڑی کے اندر نہیں پہنچ رہی تھی۔ جس کی وجہ سے جم کو صرف دو ہیولے نظر آ رہے تھے۔

ادھر سام اور سائمن ایک ایک لمحہ گن گن کر گزار رہے تھے۔ وہ بالکل مجبور تھے۔ کچھ نہیں کر سکتے تھے۔ اگر ان کے پاؤں نہ بندھے ہوئے ہوتے تو بھی کچھ کیا جا سکتا تھا۔ سام نے آنکھیں بند کر لیں اور دل ہی دل میں اللہ کو یاد کرنے لگا۔ تھوڑی دیر بعد اس نے آنکھیں کھولیں تو وہ یہ دیکھ کر چونک اٹھا کہ جم اپنی جگہ سے غائب

تھا۔

"سائمن! سائمن!" سام نے آہستہ سے سائمن کو جگایا۔ اس نے ہڑبڑا کر آنکھیں کھول دیں۔

"باہر دیکھو! جم اپنی جگہ پر نہیں ہے۔" سام نے سرگوشی میں اس سے کہا۔ سائمن نے دیکھا واقعی جم غائب تھا اور مارش بے خبر سو رہا تھا۔

اچانک انہیں جھونپڑی کے اندر کھڑکھڑاہٹ محسوس ہوئی۔ انہوں نے فوراً دم سادھ لیا۔ چاند کی مدھم روشنی میں انہوں نے دیکھا کہ ایک ہاتھ جھونپڑی کے اندر آیا اور جھونپڑی کی دیوار کے اندر کی طرف کچھ ٹٹولنے لگا۔ جب وہ ہاتھ واپس باہر گیا تو اس میں کوئی چیز دبی ہوئی تھی۔

"یہ ہاتھ جم کا ہی ہو سکتا ہے سام۔" سائمن نے دبی دبی آواز میں کہا، "کاش! میرے ہاتھ پاؤں کھلے ہوتے۔"

"لیکن اس نے یہاں سے کیا نکالا ہے؟ کیا اس نے کوئی چیز یہاں چھپا رکھی تھی۔" سام نے سوالیہ نظروں سے سائمن کی طرف دیکھا۔ وہ خاموش رہا۔ بھلا اس کے پاس اس کی بات کا کیا جواب تھا۔ مارش اب بھی بے خبر سو رہا تھا۔ اچانک کسی کے تیز تیز قدموں سے دوڑنے کی آواز آئی اور پھر آواز دور ہوتی چلی گئی۔

بلیک ایگل اپنے دو ساتھیوں جم اور مارش کو سام اور سائمن کی نگرانی پر بٹھا کر گیا تھا مگر نہ جانے کیا بات تھی کہ مارش گہری نیند سو رہا تھا اور جم بھاگ گیا تھا۔ سام اور سائمن سمجھ گئے کہ انہوں نے بھاگتے ہوئے قدموں کی جو آواز سنی تھی وہ جم کے قدموں کی آواز تھی۔ وہ جھونپڑی میں چھپائی ہوئی کوئی چیز لے کر بھاگ چکا تھا،

لیکن کیا چیز لے کر بھاگا تھا اور کیوں؟ یہ سوال ان دونوں کو پریشان کر رہا تھا۔ مارش مسلسل سو رہا تھا اور جم جا چکا تھا۔ سام اور سائمن کے پاس فرار کا اچھا موقع تھا۔ بشرطے کہ ان کے ہاتھ پاؤں نہ بندھے ہوتے۔

سام نے اپنے ہاتھوں کو جھٹکا دینا چاہا، مگر بے سود! رسیاں اتنی مضبوطی سے باندھی گئی تھیں کہ وہ ہل بھی نہ سکا۔ سائمن نے اٹھنے کی کوشش کی، مگر وہ لڑکھڑا کر گر پڑا۔ آخر تھک ہار کر دونوں نے جھونپڑی کی دیوار سے ٹیک لگا لی۔

"اب ہمیں کوئی غیبی امداد تو ملنے سے رہی۔" سائمن نے بجھے بجھے سے لہجے میں کہا، "پیاس سے میرے حلق میں کانٹے پڑ رہے ہیں۔"

"ہمت نہ ہارو سائمن! یہاں سے فرار کی کوئی نہ کوئی صورت نکلے گی۔" سام نے سائمن کا حوصلہ بڑھایا۔ کچھ دیر بعد اس نے باہر سوئے ہوئے مارش کو آواز دی، مگر اس نے کوئی جواب نہ دیا۔ پھر اس نے مارش کو کئی آوازیں دیں، مگر مارش دوسری طرف منہ کیے سوتا رہا۔ اس کا پستول اس کے پاس پڑا تھا۔

"جانے کیا بات ہے؟" سام بڑبڑایا۔

"شاید ہماری قسمت میں اسی طرح مرنا لکھا ہے۔" سائمن نے بے بسی سے کہا۔ سام نے کوئی جواب نہیں دیا۔

رات کا اندھیرا ابھی پوری طرح نہیں چھٹا تھا۔ صبح ہونے میں کچھ دیر باقی تھی۔ لنگور اور بندروں کا ایک غول چیڑ اور صنوبر کے درختوں کی اونچی اونچی شاخوں پر چھلانگیں لگاتا پھر رہا تھا، مگر ایک بندر سب سے الگ تھلگ ایک شاخ پر بیٹھا کوئی جنگلی پھل کھا رہا تھا۔ اچانک اس بندر کی نظر جھونپڑی کے اندر پڑی۔ وہاں دو آدمی

رسیوں سے بندھے سر جھکائے بیٹھے تھے۔ بندر نے تیزی سے پھل ایک طرف پھینکا اور شاخ سے اتر کر سیدھا جھونپڑی میں گھس آیا۔ سام اور سائمن نے ایک ساتھ اس بندر کو دیکھا۔

"ریڈ پرل!" سام نے خوشی سے کانپتی ہوئی آواز میں کہا، "آخر تم آ ہی گئے۔ ریڈ پرل ہماری مدد کرو۔ ہماری رسیاں کھول ڈالو۔"

ریڈ پرل اس کی بات سمجھ گیا۔ اس نے بجلی کی سی تیزی سے سام کے ہاتھوں پر بندھی رسی کھول ڈالی۔ سام کے ہاتھ آزاد ہو گئے تو اس نے اپنے پاؤں خود کھول لئے۔ اس کے بعد اس نے سائمن کی رسیاں بھی کھول دیں۔ اب وہ دونوں آزاد تھے۔ انہوں نے اپنے جسم کو خوب سارے جھٹکے دیئے۔ مسلسل بندھے رہنے سے ان کے جسم شل ہو گئے تھے۔

"تمہارا بہت شکریہ ریڈ پرل! تم نے صحیح وقت پر ہماری مدد کی ہے۔" سام نے ریڈ پرل سے کہا جو اپنی عادت کے مطابق اس کے کندھے پر جا بیٹھا تھا۔ ریڈ پرل بھلا اس کی بات کا کیا جواب دیتا! البتہ اس نے دانت نکال دیئے اور خوخیانے لگا۔ اس طرح وہ بھی خوشی کا اظہار کر رہا تھا۔

"سائمن! اس سے ملو، یہ میرا دوست ہے ریڈ پرل۔" سام نے ریڈ پرل کا سائمن سے تعارف کرایا۔ ریڈ پرل نے سائمن سے ہاتھ ملانے کے لئے اپنا ہاتھ آگے بڑھا دیا۔

سائمن کھل کھلا کر ہنس پڑا اور بولا، "سام! تمہارا دوست خوب ہے!"

پھر ایک دم انہیں باہر سوئے ہوئے مارش کا خیال آ گیا۔ وہ سہم کر رہ گئے۔

انہیں احساس ہی نہیں رہا تھا کہ باہر مارش موجود ہے۔ اگر وہ ان کی آوازوں سے جاگ جاتا تو بات بگڑ جاتی تھی۔ مگر یہ دیکھ کر انہیں اطمینان ہوا کہ مارش اب بھی سو رہا ہے۔

"سائمن تم یہیں ٹھہرو۔ میں مارش کا پستول اٹھا لاتا ہوں۔" سام یہ کہہ کر دبے قدموں وہاں پہنچا اور پھر اس کے قدم جہاں تھے وہیں رک گئے۔ مارش کا سارا جسم نیلا ہو رہا تھا۔ اس کے منہ سے جھاگ نکلے ہوئے تھے۔

"کیا ہوا سام؟ تم رک کیوں گئے؟" سائمن نے جھونپڑی کے اندر سے آہستہ سے سام سے پوچھا تو اس نے سائمن کو باہر آنے کا اشارہ کیا۔

سائمن باہر آیا اور اس نے مارش کو دیکھ کر کہا، "اس کو سانپ نے ڈس لیا ہے۔"

پھر اس کی نظر اس تھیلے پر گئی مگر اب یہ خالی تھا۔ اچانک سام کو اپنے سر کے عین اوپر تیز سرسراہٹ سنائی دی۔ اس نے چونک کر اوپر دیکھا اور پھر اس کی آنکھیں پھٹی کی پھٹی رہ گئیں۔ موت اس کو اپنی آنکھوں کے سامنے ناچتی نظر آنے لگی۔

درخت کی ایک شاخ سام کے سر پر جھکی ہوئی تھی اور اس شاخ پر وہی سبز رنگ کا سانپ اپنی دو شاخہ زبان نکالے، گردن اکڑائے سام کے سر پر پہنچ چکا تھا۔ ریڈ پرل سام کے کندھے سے اتر کر پہلے ہی ایک جھاڑی میں چھپ چکا تھا۔

ادھر سائمن کی نظر جو سانپ پر پڑی تو وہ اپنی جگہ بت بن کر رہ گیا۔ پھر ایک دم اس کے جسم میں حرکت ہوئی۔ سائمن نے برق رفتاری سے مارش کا پستول اٹھا

لیا۔ ایک فائر ہوا اور سانپ کا پھن کٹ کر دور جا گرا۔ کچھ دیر تک تو سام کو پتا ہی نہ چلا کہ یہ فائر کس نے کیا ہے۔ پھر اس نے آہستہ سے گھوم کر دیکھا۔ سائمن کے ہاتھ میں پستول تھا اور وہ حیرت سے سانپ کے جسم کو دیکھ رہا تھا جو درخت کی شاخ سے لٹکا ہوا جھول رہا تھا۔

"شکریہ سائمن!" سام نے سائمن کے کندھے پر ہاتھ رکھ کر کہا۔

سائمن نے مارش کا پستول ایک جھاڑی میں اچھال دیا۔ پھر دونوں جانے کے لئے پلٹے، مگر۔۔۔۔ ایک چیز نے ان کے قدم روک لیے۔ ان کے سامنے ایک جھاڑی کے اوپر ریڈ پرل کا مردہ جسم پڑا تھا۔ نہ معلوم کب اس کو بھی سانپ نے ڈس لیا تھا۔

"ریڈ پرل۔" سام کے منہ سے نکلا اور وہ اس کی طرف بڑھا۔ مگر سائمن نے اس کو اپنی طرف کھینچ لیا۔

"اس کے بدن میں زہر پھیل چکا ہے سام! اس کو مت چھونا۔" سائمن نے کہا۔ "آؤ اب ہم یہاں سے چلتے ہیں۔ یہاں ہمارا اب کوئی کام نہیں۔"

سام بوجھل قدموں سے اس کے ساتھ چل پڑا۔ اسے ریڈ پرل کی موت کا بہت افسوس ہوا۔ اس جنگل میں آنے کے بعد ریڈ پرل ہی وہ واحد ہستی تھی جس سے اس کی دوستی ہوئی تھی، مگر اب وہ سام سے ہمیشہ کے لئے جدا ہو چکا تھا۔ مرنے سے پہلے اس نے سام کو رہائی دلا کر جو احسان کیا تھا اسے وہ کبھی نہیں بھول سکتا تھا۔

***

صبح کے دھندلکے میں ایک شخص تیزی سے چلا جارہا تھا۔ وہ جم تھا۔ جنگل عبور کر کے وہ ساحلی چٹانوں کے قریب پہنچ کر رکا اور ایک چٹان کی اوٹ سے ساحل کی ریت پر سوئے ہوئے دوسرے ڈاکوؤں کی طرف غور سے دیکھنے لگا۔ ان میں بلیک ایگل نہیں تھا۔

"بلیک ایگل کہاں گیا؟" جم نے اپنے آپ سے کہا، "اگر اس نے مجھے پکڑ لیا تو۔۔۔ جو بھی ہو، مجھے اب یہاں سے نکل جانا چاہیے۔" وہ چٹانوں کی اوٹ سے نکلا اور تیزی سے ساحل پر لنگر انداز جہاز کی طرف بڑھنے لگا۔

"رک جاؤ جم! ورنہ پستول کی ایک گولی تمہارا بھیجا نکالنے کے لئے کافی ہوگی۔" بلیک ایگل کی کرخت آواز سناٹے کو چیرتی ہوئی دور تک چلی گئی۔ جم جہاں تھا وہیں رک گیا۔ بلیک ایگل لپک کر اس کے سر پر پہنچ گیا۔ اس نے پستول مضبوطی سے تھام رکھا تھا۔

"لاؤ تھیلی ادھر دو!" بلیک ایگل نے جم کو حکم دیا۔

"نہیں نہیں۔ یہ میں تم کو نہیں دے سکتا۔ یہ مجھے ملی ہے۔" جم نے تھیلی کو اور مضبوطی سے اپنے سینے سے لگالیا۔

"یہ تھیلی تمہیں نہیں ملی۔ اسے تم نے اس جھونپڑی میں کافی عرصے سے چھپا رکھا تھا تاکہ جب تمہیں موقع ملے اسے لے کر چلتے بنو، مگر میں تم کو ایسا نہیں کرنے دوں گا۔" بلیک ایگل نے کہا۔ جم نے اس کی بات کا جواب دیئے بغیر اچانک ساحل کی طرف دوڑ لگادی۔

بلیک ایگل کے پستول نے ایک ایک کر کے دو شعلے اگلے۔ دھماکوں کی آواز

سارے جنگل میں گونج اٹھی۔ جم کی کھوپڑی کے پرخچے اڑ گئے۔ تھیلی اس کے ہاتھ سے چھوٹ کر دور جا گری۔ بلیک ایگل نے وہ تھیلی اٹھا کر خاموشی سے جیب میں رکھ لی۔

دھماکوں کی آواز سے باقی چاروں ڈاکو بھی اٹھ گئے۔ اٹھنے کے بعد انہوں نے جم کی لاش دیکھی۔ انہوں نے بلیک ایگل کی طرف سوالیہ نظروں سے دیکھا تو اس نے مکاری سے مسکراتے ہوئے بس اتنا کہا، "بلیک ایگل کو کبھی کوئی شکست نہ دے چکا۔" یہ اس کا پسندیدہ جملہ تھا۔ "جاؤ، جا کر مارش سے کہہ دو کہ اب ہم یہاں نہیں رک سکتے۔" بلیک ایگل نے ان چاروں کو حکم دیا۔ وہ حیرت سے بلیک ایگل کو دیکھنے لگے۔

"کیا ہمارا مقصد پورا ہو چکا ہے بلیک ایگل؟" ان میں سے ایک ڈاکو نے ہمت کر کے پوچھا۔

بلیک ایگل نے خوف ناک نگاہوں سے اس کی طرف دیکھا اور کڑک کر کہا، "ہاں، ہمارا مقصد پورا ہو چکا ہے۔ جاؤ، تم چاروں جا کر مارش کو خبر کر دو۔" بلیک ایگل نے لفظ چاروں پر زور دے کر کہا۔ چاروں ڈاکوؤں کے لئے یہ بات حیران کن تھی۔ مارش کو بتانے کے لئے کوئی ایک جا سکتا تھا۔ مگر ان چاروں کو بھیجا جا رہا تھا، لیکن ان کی اتنی ہمت نہ ہوئی کہ وہ بلیک ایگل سے کچھ پوچھتے۔ وہ خاموشی سے جنگل کی طرف بڑھنے لگے۔

اچانک ایک فائر ہوا اور ان میں سے ایک ڈاکو لڑکھڑا کر گر پڑا۔ اس نے اٹھنے کی کوشش کی مگر اس کی گردن ایک طرف ڈھلک گئی۔ وہ مر چکا تھا۔ باقی تینوں نے

ایک ساتھ پیچھے مڑ کر دیکھا۔ بلیک ایگل کے دونوں ہاتھوں میں پستول تھے اور ان کا رخ ان تینوں کی طرف تھا۔ تینوں یہ دیکھ کر دنگ رہ گئے۔ انہیں اپنے سردار سے ایسی امید نہ تھی۔ اب ساری بات ان کی سمجھ میں آگئی۔ بلیک ایگل کو ہیروں کا ہار مل چکا تھا اور وہ اکیلا اس کا مالک بننا چاہتا تھا۔ انہوں نے ایک دوسرے کی طرف دیکھا اور آنکھوں آنکھوں میں کوئی فیصلہ کر لیا۔ پھر ان کے ہاتھ برق رفتاری سے اپنے پستولوں کی طرف اٹھے اور اٹھے ہی رہ گئے۔ ان کے کچھ کرنے سے پہلے ہی بلیک ایگل نے تینوں کو ختم کر دیا۔ فضا دھماکوں سے گونج اٹھی۔ ہر طرف دھوئیں اور بارود کی بو پھیل گئی۔

بلیک ایگل نے ایک اچٹتی نظر اپنے مرے ہوئے ساتھیوں پر ڈالی اور ایک طرف قدم بڑھا دیئے۔

***

صبح کا سپیدہ نمودار ہونے لگا تھا۔ چڑیوں کی چہچہاہٹ سے ایک بار پھر سارا جنگل گونج رہا تھا۔ سام اور سائمن جنگلی جھاڑیوں اور پودوں کو روندتے ہوئے چلے جا رہے تھے کہ اچانک دھماکوں کی ہلکی ہلکی آوازیں ان کے کانوں میں پڑیں۔ وہ ایک دم چونک گئے۔ سام کے اندازے کے مطابق یہ آوازیں ساحل کی طرف سے آئی تھیں۔ اس نے فوراً اپنا خنجر نکال لیا۔ وہ دونوں ایک ایک قدم پھونک پھونک کر اٹھا رہے تھے۔ پتا بھی کھڑکتا تو وہ چونک جاتے۔ کچھ دیر بعد وہ گھنے جنگل کو پیچھے چھوڑ چکے تھے۔ اب انہیں سمندر کی لہروں کا شور سنائی دینے لگا تھا۔ اس کا مطلب تھا کہ

ساحل قریب ہی ہے۔ وہ زیادہ محتاط ہو کر چلنے لگے۔ آخر وہ ساحل کے قریب پہنچ گئے۔ جہاں ان کی نگاہوں کے سامنے ایک خوف ناک منظر تھا۔

ساحل پر پانچ لاشیں آڑی ترچھی خون میں نہائی پڑی تھیں۔ ان میں سے ایک لاش ساحل کے نزدیک پڑی ہوئی تھی۔ یہ جم کی لاش تھی۔ سائمن حیرت اور خوف سے لاشوں کو دیکھ رہا تھا۔ سام اس وقت کچھ سوچ رہا تھا۔

"سائمن! ہیروں کا ہار مل چکا ہے۔" تھوڑی دیر بعد سام بولا۔

سائمن ایک دم چونک اٹھا، "کیا؟ کیا ہار مل چکا ہے؟ تمہارے پاس ہے؟"

"نہیں، بلیک ایگل کے پاس ہے۔" سام نے جواب دیا۔

"تم کیسے کہہ سکتے ہو؟" سائمن بولا۔

"ان لاشوں کو غور سے دیکھو۔" سام بولا، "یہ ڈاکوؤں کی لاشیں ہیں۔ جانتے ہو انہیں کس نے قتل کیا ہے؟"

"نہیں۔" سائمن نے کچھ نہ سمجھتے ہوئے کہا۔

سام نے کہا، "انہیں صرف ایک شخص نے قتل کیا ہے اور وہ بلیک ایگل ہے۔"

سائمن حیرت سے سام کو دیکھنے لگا۔ سام نے اپنی بات جاری رکھی، "کل جب ہمیں اس جھونپڑی میں قید کیا گیا تھا تو بلیک ایگل ہماری نگرانی کے لئے مارش اور جم کو چھوڑ گیا تھا۔ تم نے دیکھا کہ رات جم کس قدر بے چینی سے مارش کی طرف بار بار دیکھ رہا تھا۔ اسے دراصل مارش کے سونے کا انتظار تھا۔ جیسے ہی مارش کی آنکھ لگی اس نے اس تھیلے کا منہ کھول دیا جس میں سانپ بند تھا۔ آزاد ہوتے ہی اس سانپ نے مارش کو ڈس لیا۔ جم بھی یہی چاہ رہا تھا۔ تم نے بتایا تھا کہ ایک بار پہلے بھی یہ ڈاکو تمہیں

قید کر کے اس جزیرے میں لا چکے ہیں، مگر اس وقت تمہارے ماموں بھی تمہارے ساتھ تھے۔ تم ان ڈاکوؤں کے جہاز میں چھپ کر بیٹھ گئے تھے، لیکن تمہارے ماموں ڈاکوؤں سے بچنے کے لئے گھنے جنگل کی طرف نکل گئے۔ ہیروں کا ہار تمہارے ماموں کے پاس تھا۔ یہ بات جم کو معلوم ہو چکی تھی۔ چنانچہ اس نے تمہارے ماموں کو کسی طرح اس جھونپڑی میں پہنچا کر ان کے قبضے سے ہار حاصل کرنے کے بعد ان کے خنجر سے انہیں مار ڈالا۔ جس تھیلی میں وہ ہار تھا وہ اس نے اسی جھونپڑی میں چھپا کر رکھ دی تا کہ موقع ملتے ہی اسے لے اڑے۔ رات کو جو ہاتھ ہم نے جھونپڑی میں دیکھا تھا وہ جم کا تھا۔ وہ ہار کی تھیلی وہاں سے نکال رہا تھا۔ اس کا منصوبہ یہ تھا کہ رات کے اندھیرے میں ہار کی تھیلی نکال کر خاموشی سے یہاں سے بحری جہاز پر روانہ ہو جائے۔ بلیک ایگل نے جو اسے فرار ہوتے دیکھا تو سمجھ گیا کہ ہار اسے مل چکا ہے۔ بلیک ایگل نے جم کو مار ڈالا۔ وہ دیکھو! جم کی لاش جہاز کے قریب ہی پڑی ہے۔ اس نے جہاز پر فرار ہونا چاہا، مگر اسے موقع نہ مل سکا۔ بالآخر بلیک ایگل نے جب ہار اپنے قبضے میں کر لیا تو اس کی نیت میں بھی فتور آ گیا۔ اس نے اکیلے ہی ہار کا مالک بن جانے کی ٹھان لی۔ اس مقصد کے لئے اس نے اپنے ساتھیوں کو بھی مار ڈالا۔ تمہاری ماں ہیروں کا ہار اب بلیک ایگل کے پاس ہے۔"

سائمن کو سام کی ذہانت کی داد دینی پڑی۔ اس نے ساری بات سمجھ کر کس خوبصورتی سے بیان کی تھی۔

"یقیناً بلیک ایگل یہاں سے جا چکا ہے۔ غالباً وہ جہاز پر ہو گا۔ آؤ جہاز پر چلیں۔" سام نے کہا۔

پھر وہ دونوں جہاز کی طرف بڑھنے لگے۔ جہاز کے قریب پہنچ کر انہوں نے احتیاط سے نظر دوڑائی، مگر انہیں وہاں کوئی دکھائی نہ دیا۔ سارے جہاز پر خاموشی چھائی ہوئی تھی۔ جہاز کے عرشے سے ایک موٹی سی رسی نیچے ساحل کی ریت تک لٹکی ہوئی تھی۔ وہ دونوں اس رسی کے ذریعہ سے جہاز پر چڑھ گئے۔ انہوں نے ایک ایک کر کے جہاز کے سارے کمرے دیکھ ڈالے، مگر بلیک ایگل کہیں دکھائی نہ دیا۔

"پتا نہیں بلیک ایگل کو زمین کھا گئی یا آسمان نگل گیا۔" سام نے کہا۔

اچانک انہیں جہاز میں نیچے کی طرف سیڑھیاں جاتی ہوئی دکھائی دیں۔ ان کی نظر اب تک ان سیڑھیوں پر نہیں پڑی تھی۔ وہ تیزی سے نیچے اتر گئے۔ یہاں کچھ اندھیرا سا تھا۔ انہوں نے دائیں بائیں دیکھا۔ یہاں چھوٹے چھوٹے دو تین کیبن بنے ہوئے تھے۔ ایک کیبن کا دروازہ کھلا ہوا تھا۔ وہ اس کیبن کی طرف بڑھے۔ سامنے ہی ایک کرسی پر انہیں بلیک ایگل بیٹھا ہوا نظر آ گیا، مگر اس کی پیٹھ ان کی طرف تھی۔

سام نے اپنا خنجر مضبوطی سے تھام لیا اور سائمن کو لے کر اس کیبن کے دروازے کے پیچھے چھپ گیا۔

"ہیروں کا ہار! ہیروں کا یہ ہار اب مجھ سے کوئی نہیں چھین سکتا! اب یہ میرا ہے! صرف میرا!" بلیک ایگل اپنے آپ سے کہہ رہا تھا۔ پھر وہ کرسی سے اٹھا اور فلک شگاف قہقہے لگاتے ہوئے ناچنے لگا۔ "بلیک ایگل کو کبھی کوئی شکست نہیں دے سکتا۔" وہ ناچتے ہوئے بار بار کہہ رہا تھا۔ ہار کی تھیلی اس کے ہاتھ میں تھی۔

"بلیک ایگل کو کبھی نہ کبھی شکست ہونی تھی۔" سام نے اچانک دروازے کے

پیچھے سے نکل کر کہا۔

بلیک ایگل کے قہقہے ایک دم رک گئے۔ ابھی وہ کچھ سمجھ بھی نہیں پایا تھا کہ سام نے تاک کر اپنا خنجر اس کی طرف پھینکا۔ خنجر اس کے دل میں پیوست ہو گیا۔ اس کے منہ سے خرخراتی آواز نکلی اور وہ اپنا سینہ پکڑے ہوئے فرش پر ڈھیر ہو گیا۔ ہار کی تھیلی اس کے ہاتھ سے چھوٹ کر نیچے گر پڑی۔

سائمن نے آگے بڑھ کر وہ تھیلی اٹھائی اور اسے کھول کر میز پر الٹ دیا۔ ہیروں کا ہار میز پر پڑا جگمگ جگمگ کر رہا تھا۔ اس سے کئی رنگ کی روشنیاں پھوٹ رہی تھیں۔

"ہاں! یہی وہ ہیرے ہیں جنہوں نے میری ماں مجھ سے چھین لی۔ میرے ماموں کو ہمیشہ کی نیند سلا دیا۔ میرے گھر کو راکھ کے ڈھیر میں تبدیل کر دیا۔" سائمن کی آواز بھرا گئی۔ اس کی آنکھوں سے آنسو بہنے لگے۔

"میں اسے اب اپنے پاس نہیں رکھوں گا۔" یہ کہہ کر وہ جہاز کے اوپری حصے کی طرف چل پڑا۔ سام بھی اس کے پیچھے پیچھے تھا۔

عرشے پر پہنچ کر سائمن نے ایک نظر غور سے ہار کو دیکھا اور پھر اسے سمندر میں اچھال دیا۔ سورج کی کرنیں ہار پر پڑیں تو ایک لمحے کے لئے فضا میں بجلیاں سی کوند گئیں۔ پلک جھپکتے میں ہار سمندر کی تہہ میں پہنچ چکا تھا۔

سام خاموشی سے سب کچھ دیکھتا رہا۔ اسے اس بات کا احساس تھا کہ سائمن کو اس ہار کی وجہ سے کتنی مصیبتیں جھیلنی پڑی ہیں۔ اس ہار کا سمندر کی تہہ میں پہنچ جانا ہی سائمن کے حق میں بہتر تھا۔ پھر سائمن جہاز کے مستول سے ٹیک لگا کر کھڑا ہو

گیا اور سمندر کے اوپر اڑتے ہوئے پرندوں کو دیکھنے لگا۔

"سائمن!" یہ سام کی آواز تھی۔

سائمن نے کھوئی کھوئی نظروں سے سام کو دیکھا۔ سائمن نے اس کا ہاتھ پکڑ کر کہا،" آؤ، اب ہم اس جگہ پر ہمیشہ ہمیشہ کے لئے لعنت بھیج دیں۔"

سائمن تھکے تھکے قدموں سے اس کے ساتھ چل پڑا۔ جہاز کے کنٹرول روم میں پہنچ کر سام کچھ تلاش کرنے لگا۔ تھوڑی دیر بعد اسے ایک جگہ سے ایک تہہ کیا ہوا کاغذ مل گیا۔ سام کو اسی کی تلاش تھی۔ یہ ایک نقشہ تھا۔ سام نے نقشہ میز پر پھیلا دیا اور اسے غور سے دیکھنے لگا۔ تھوڑی دیر بعد اس نے سر ہلایا اور اٹھ کھڑا ہوا۔ جہاز کے لنگر اٹھا دیئے گئے اور وہ آہستہ آہستہ ساحل سے دور ہونے لگا۔

* * *

سورج کی روشنی چاروں طرف پھیل چکی تھی۔ تیز ہوا چل رہی تھی۔ جہاز کے بادبان زور زور سے پھڑ پھڑا رہے تھے۔ سام جہاز کے عرشے پر کھڑا دور ہوتے ہوئے اس ساحلی جنگل کو دیکھ رہا تھا جہاں اس نے کافی عرصہ جنگلی جانوروں کے درمیان جنگلی پھل کھاتے ہوئے گزارا تھا۔ اسے اپنا غار یاد آیا جسے وہ بطور گھر استعمال کرتا تھا۔ اس کی کشتی اب بھی وہیں پڑی ہوئی تھی۔ سب سے زیادہ اسے ریڈ پرل یاد آیا جو مرنے سے پہلے اس پر ایک احسان کر گیا تھا۔ ریڈ پرل کو یاد کرکے سام کی آنکھیں بھیگ گئیں۔

"کیا سوچنے لگے؟" سائمن نے پیچھے سے آکر کہا۔

"میں سوچ رہا ہوں ریڈ پرل نے میرا کتنا ساتھ دیا۔۔۔۔"
"مگر اب تمہارا ساتھ میں دوں گا۔" سائمن نے سام کی بات کاٹ کر کہا۔ سام نے مسکرا کر سائمن کی طرف دیکھا۔ پھر اس کا ہاتھ تھام کر نیلے آسمان پر اڑتے ہوئے ان پرندوں کو دیکھنے لگا جو ہر فکر سے بے نیاز اپنی منزل کی طرف اڑے جا رہے تھے۔

***